三次元恋愛《リアルラブ》の攻略法

犬飼のの

Illustration
香林セージ

JN283963

B-PRINCE文庫

※本作品の内容はすべてフィクションです。
実在の人物・団体・事件などには一切関係ありません。

CONTENTS

三次元恋愛《リアルラブ》の攻略法

《一》

十月の第一日曜日の夕方、桃木春都《ももきはると》は錦糸町《きんしちょう》のホテルに居た。

先月は赤坂《あかさか》のホテルで、先々月は丸《まる》の内《うち》のホテルだったと記憶している。

その目的は、お見合いパーティーに参加して運命の女性を見つけることにあった。

今日のパーティーの名称はメープルロマンス、先月はオータム・パーティーで——所属している結婚相談所の女性担当員からは、「秋は気持ちが豊かになって、恋が成就しやすい季節ですよ。頑張ってくださいね」と言われたが、夏には「一年でもっとも恋が燃え上がる季節ですから」と言われ、春には「生物学的に恋に落ちやすい季節ですから」と言われていた。

(——冬になったら何て言われるんだろう……温もりが恋しい季節とかかな?)

一番テーブルに着いている春都は、手元のミニファイルを見て溜息《ためいき》をつく。

男性に渡される青いファイルには、女性の番号と苗字、年齢、学歴、収入、おおまかな居住地と職業、趣味などが書かれている。帰り際に回収されるシステムなので、写真も付いていた。

春都が参加しているパーティーは、いずれも複数の結婚相談所が合同開催しているもので、今回はほどほどにエリート揃いになっている。

男性は大卒以上、四十五歳まで、年収八百万円以上でなければ参加できない。

男性同様、女性の条件もその時によって変わるが、今回の場合は大卒以上、三十五歳まで、離婚歴なしという条件で、相談所が選抜した女性限定だった。

(――綺麗《きれい》な人や可愛い感じの人ばかりで……条件的にも十分なんだけど……なんかこう……運命とか、そういう特別な感じがしないんだよね。もっと話したいとか思えなくて……)

すでにパーティーは最終段階に入っており、今はファイルに挟まっているマッチングカードに記入する時間だった。第一希望から第三希望まで、交際を前向きに考えたい異性の番号を、希望欄に書いて提出するのである。そうしてパーティーの最後にマッチングしたカップルが読み上げられ、拍手を受けながら壇上に上がり、手を繋《つな》いで会場を去るのがお決まりだった。

だからといって、連絡先を教えたり自宅に送ったりするのは厳禁で、同じホテル内か近場で夕食を共にして帰り、帰宅後に相談所経由で今後の希望を伝え合う流れになっている。

春都はこれまで一度もマッチングカードの希望欄を埋めたことがなく、今回も無記入のまま提出しようと思っていた。

喫煙せず子供が好きで、仕事で何日も帰れなくても理解してくれる人――という条件に合う女性はたくさんいて、今回は美人も多い。それでも、この人と付き合ったらどんなだろう……と想像したくなるような女性や、運命的な何かを感じさせてくれる女性は見つからなかった。

(――……あの人も、また白紙かな……)

春都は正方形のテーブルに着いたまま、ファイルから顔を上げて隣のテーブルに目を向ける。ずり下がった眼鏡を直すと、お見合いパーティーで三回連続一緒になっている参加者の男の姿が、くっきりと見えた。常連参加者は他にもいるものの、彼にはどうしても注目してしまう。結婚相談所の開催するお見合いパーティーに何故参加するのか、まったく以《もっ》て理解し難い、いわゆる超イケメン——あえて力いっぱい『超』と付けたくなるほど見事なイケメンの上に、混血めいて派手なので、女性陣の視線は疎《おろ》かライバルである男性陣の視線まで集めていた。

今は座っているが、少なくとも一八五センチはある長身で、目を見張るほど脚が長い。瞳が琥珀色《こはくいろ》なのも髪が栗色なのも天然のようだったが、そのせいで堅い職種の人間には見えなかった。モデルや俳優など、煌《きら》びやかな職業が似合いに見える。

どんな服でもセンス良く着こなせそうだったが、上質なスーツの着こなしがとにかく見事で、仕草は常にスマートで美しい。女性への気遣いはもちろん、人の話を聞き入る真摯《しんし》な態度には、感心させられるものがあった。

(——何をやってる人なんだろう……相変わらず反則的にカッコ良くて……場違い過ぎるよ。柿本《かきもと》先輩よりカッコイイ人なんて、芸能人とかじゃないと無理だと思ってたのに……)

男の名前は不明だが、以前参加した際に、女性が「クリウさん」と言っていたのを耳にした春都は、漢字はわからないまま、それを彼の苗字として頭にインプットしていた。

そんなイケメンのクリウが胸元に着けているナンバーカードには、『3』と書いてある。

番号は年齢順なので、今日の会場内の男性の中で、三番目に若いということだった。

テーブルは一つにつき、男女各二名が向かい合う形で座る決まりになっている。

年齢が近い方がカップルの成立度も高いため、一番テーブルの場合、男女それぞれの『1』と『2』の四人が一グループになっており、今日は十二番テーブルまであった。

年齢分けされた最初の席が基本位置で、女性は動かずに男性だけが次のテーブルに移動して行き、すべての女性と話すことになる。そして立食パーティーを挟んだ後、女性達が提出するアタックカードで指名を受け、離れた座席で一対一になって五分間話せるようになっていた。

春都は二十五歳なので、年収八百万円以上が条件のこのパーティーでは、当然のように最年少――それはいつものことだった。同じテーブルで隣の席の男性は、二十八歳だと話していた。

見た目と『3』であることから推測するに、クリウは『2』の彼よりも誕生日が早い二十八歳か、二十九か三十くらいではないかと思われる。

(――二十八歳だったら先輩と同じだな……身長は、先輩より少し高いくらいかな?)

春都は目の前で赤い色のミニファイルを覗《のぞ》いている女性に、「それ、ちょっと見せて貰《もら》えませんか?」と頼みたくて仕方なかった。

その衝動は今に始まったことではなく、毎回毎回そう言いたいのを堪《こら》えている。

男の自分が女性側のファイルを見たがるのはおかしいと自覚していたが、そこに書いてあるクリウの職業、年齢、居住地が何となく知りたくて、チラッと覗けないものかと思ってしまう。しかし女性の多くは用意されたメモ欄に何かしらの文字を書き込んでおり、ミニファイルは手元でこそこそと開かれるばかりだった。

「桃木さん、マッチングカード書き終わりました？」

「あ、すみませんっ。今すぐ書きます」

春都は所属している結婚相談所の担当員に急《せ》かされ、慌ててペンを走らせる。自分の名前と番号以外は無記入であることを同じテーブルの女性に悟られないよう、二つに折って渡した。

春都は童顔の上、身長も平均よりやや低く、オタク系の会話しかできない自分にコンプレックスがあったが、それでも若さと高収入は婚活市場で売りになる。女性の提出するマッチングカードに、『1』と書かれている可能性は十分にあった。実際に担当員からも、毎回たくさん書かれていると言われているため、マッチングしたくなければ空欄のまま出すしかない。

（――……あの人……もしかして……もしかすると、サクラだったりとか？）

会場内が薄暗くなり、スポットライトがステージを照らす中――春都はまたしても隣の二番テーブルに目を向ける。涼しい横顔の彼は、今回も無記入で提出したようだった。そうでなければ、立食の際にもっとも人気の高い彼が、これまで一度もマッチングしないわけがない。

「おめでとうございます、最初のカップルは男性1番、女性1番のお二人です！」

ステージから司会者の声が響いたその時——春都が見ていたクリウの横顔がいきなり動く。

春都の方を向いて、驚いたように目を見開いた。

「桃木さん、おめでとう！　ほら彼女の手を取ってステージに上がって！」

春都は眼鏡のレンズ越しにクリウと目を合わせていたが、担当員の体で視界を遮《さえぎ》られる。

彼女は愛想のいい五十代の女性で、「最年少同士、息が合ったのね」と声を弾ませていた。

「え……っ、ぇ……あ……男性、1番？　僕？」

春都は相談員に肩を叩かれて初めて、呼ばれたのが自分であることに気づいた。

すぐに、「違います！　僕は白紙で出した筈ですっ！」と抗議したくなったが——そこまで非常識で失礼なことはできなかった。しかも目の前に居た『1』の女性はすでに席を立って、テーブルのこちら側へと回ってきている。

「私の番号を書いてくれたんですね、嬉しいですぅ」

座ったまま呆然《ぼうぜん》とする春都を余所《よそ》に、会場内は拍手で包まれていた。

クリウの視線を気にしたり、間違いだと訴えたりできるような状況ではない。

春都は居竦《いすく》まる体をどうにか立ち上がらせ、「ど、どうも……」と言いながら、ピンク色のワンピースを着た女性に笑いかけた。

（——……あ……わかったかも……水性ペンで書いて生乾きのまま急いで折ったから、自分の番号が希望欄に写っちゃったんだ……どうしよう、やっちゃった……）

春都は女性に恥を掻《か》かせるわけにはいかないと思い、何とか手を繋いでステージに向かう。歩いている間に次のカップルが呼ばれ、次は男性2番と女性3番だった。そしてその次は、男性4番と女性4番——つまりクリウは今回もマッチングせず、負け組に入ったことになる。

「桃木さん、このあとなんですけどぉ、上のレストランで食事して行きませんかぁ？」

「あ、はい……よろしくお願いします」

ステージの上には合計九組のカップルが上がり、春都は名前も思い出せない『1』の女性と手を握り続けていた。いい加減放したかったが放して貰えず、腕に胸を押しつけられているような気さえする。

（——……クリウ……さんが、ネクタイを緩《ゆる》めてる……）

薄暗い会場の二番テーブルに着いているクリウは、明るいステージから目を逸《そ》らし、黙ってネクタイを緩めていた。胸元の『3』のカードも外して、どことなく乱暴にテーブルに放る。

春都はこれまでのパーティーでも、クリウと同じく自主的負け組になっていたが、こういう場面で彼が不機嫌そうにしているのを見たのは初めてだった。

《二》

お見合いパーティーが終わったあと、春都は同じホテルのレストランで、『1』の女性——桂木弥生《かつらぎやよい》と夕食を取った。彼女のプロフィールはミニファイルを返却する前にどうにか憶え、そこに書いていない下の名前は本人から教えて貰った。

「副社長なんて凄《すご》いですよねぇ、でも会社の規模によるかぁ」

「小さいし……新しい会社ですよ。大学の先輩と二人で創《はじ》めたんです」

「えー、小さいんだぁ？　でもその年で年収一千万なんですよねぇ？」

「ええ、一応……何とか……」

春都は内心、本当はもっとあるけど言いたくないな……と思いながら、ぎこちなく笑う。

桂木弥生という二十三歳の女性は、会場で少し話した時以上に春都のテンションを下げた。

女子大卒業後は就職せずに家事手伝いをしており、その理由を訊くと、「就職しちゃったらただの人だって親が言うんで」と返ってきた。他にも、「幼稚園からずっと私立で、いわゆるお嬢様学校育ちなのに、それがパーになっちゃうって言うんですよね」と語り出し、両親からして選民意識の強いタイプに感じられる。コートもバッグもアクセサリーもブランド物で埋め尽くされており、美人で若いことも手伝って傲慢《ごうまん》な印象だった。

「桃木さんみたいに若くて、しかも可愛い人とマッチングして超ラッキー。第一希望に1って書いておいて大正解」

そう言ってウフフッと笑った彼女の言葉に、春都は初めて興味を持つ。

女性の誰もが第一希望はクリウの番号を書いていると思っていたため、意外だった。

「第一希望は3番の、クリウさん……とかじゃないんですか？　僕の番号は二番目か三番目に書いてくださったのかと思っていました」

「あー、あの人は無理無理無理。競争率高過ぎるし、たぶんサクラでしょ。あんなイイ男が結婚相談所なんか利用するわけないし、なーんか現実味がなくて観賞用って感じ。サクラっていうよりパンダ的よね」

「パンダ、ですか……」

春都は彼女の話を聞きながら、会場で最後に見たクリウの表情を想い起こす。

女性の目もある会場内でネクタイを緩め、ナンバーカードを乱暴に放った仕草はこれまでの彼のイメージに合わず、やはり不機嫌だったように思えてならなかった。

（――……僕がこの女性とマッチングした瞬間、僕の方を見たのは……まさか、僕にこの人を取られたから？　考えてみたら、あの時……目が合った時の表情は……「信じられない」って言いたげだった気がする……）

春都は、これまでマッチングカードの希望欄を空欄にしていたとしか思えないクリウが、今回ばかりは『1』と書いて提出したのだろうか……と頭を悩ます。

そうだったとしたら自分は、不本意なミスで彼の恋路の邪魔をしてしまったことになる。

しかし改めて目の前の彼女を見てみると、ややもやとした疑惑が膨れ上がった。

確かに一般的に見て美人や可愛いと評される容姿の女性ではあるのだが、あのクリウが心を動かしそうな特点は感じられない。想像の中で二人を並べてみても、格違いな印象を受けてしまった。

「頭のいい女子は、第一希望には桃木さんや男性2番を選ぶんじゃないかな……私もどっちか迷ったんだけど、2番の彼より桃木さんのが断然肌が綺麗だったから桃木さんにしたの」

「そ、そうですか……肌……」

「子供のことを考えるとやっぱりね、肌とか髪質とかって遺伝するじゃない？　身長は意外と遺伝しないって聞くし、桃木さんにはシークレットシューズとか履いて背ぇ高くなって貰って、眼鏡はコンタクトに替えて貰えばいいかなって思って」

春都は目の前で食後のドルチェをつついている弥生を見ながら、完全に絶句する。

運命の出逢いがないので結婚相談所を利用してはいるが、会社には女性社員やバイトもいて、女性が苦手なわけでも喋《しゃべ》れないわけでもない。だが、この女性は完全に無理なタイプだった。

春都は沈黙したまま眼鏡を掛け直し、この最悪なミスを少しは有効利用しようと心に決める。

パーティーでマッチングしたからといって付き合わなければいけないわけではなく、帰宅後に担当員に連絡して、「食事をしてみたけど、フィーリングが合いませんでした」と伝えればそれで終わる話だった。それならいっそのこと、これまで気になっていた情報を――この失礼な女性から得ようと考える。一度マッチングした男女は、同組織が開催するパーティーで再び会うことはないため、旅の恥は掻き捨てのノリで訊ける気がした。

「クリウさんて、おいくつなんですかね？　珍しい名前だけど、漢字はどう書くんだろう？」

「あー……確か二十八歳でしたよー、モンブランの栗に、生物の生って書く栗生《くりう》さん。職業はデザイナーで、身長は一八八センチ。居住地は渋谷《しぶや》区で年収は三千万。おいし過ぎて嘘くさい感じでしょ？　たぶんパーティーを盛り上げるために雇われてるんですよ。本業は何だろ……ホストにしちゃ上品だし、ホテルマンって感じでもないし、でも接客業っぽいなぁ」

「そう……なんですか……」

「そうそう、ホストと言えばこの前キャッチがしつこくてぇ、今はそういうの駄目な筈なのに、ナンパの振りしてやってくるんですよぉ。でも私ああいうチャラい男とか超苦手ぇ」

弥生はその後も延々と話し続け、過去の男性の悪口を交えながら春都を持ち上げたが、その多くは収入や居住地、肌質や髪質に関することばかりだった。

彼女なりに褒めようとしているのだとわかっても、春都の不快感は募るばかりで一向に好転せず、終《しま》いには「私達の間に子供が産まれたらぁ……」と語られて、背筋が凍る想いだった。

スカイツリーが見える高層階のレストランで食事を終え、会計を済ませた春都は、そのままホテルを去らずに階下にある客室に向かうことになる。もちろんすぐに帰るつもりだったが、地方から出てきたために部屋を取っているという彼女から、「ポータブルPCの調子が悪いので見て欲しい」と頼まれ、断るに断り切れなかった。

何しろ春都の職業はゲーム会社の副社長兼システムエンジニアで、パソコンには頗《すこぶ》る明るいとわかってしまっている上に、この期に及んでもやはり、「あれは間違いで、僕は君を選んでなんかいない」とは言えない。自分のミスには違いなく、一緒に居る間は冷たい態度を取るわけにはいかなかった。

それでも警戒心や良識を失ってはおらず、女性とホテルの部屋に入るのはまずいと思って、事前に「ロビーに持ってきてください」と言ってみた。けれど、「調子が悪いっていうより、部屋でネットが使えないの。ＬＡＮケーブル差してるのにぃ」と切り返されてしまい、結局部屋に行くしかなくなってしまったのである。

「――……あの、パソコンてどこにあるんですか?」

ホテルの二十二階にある客室に入った途端、春都は悪い予感を覚える。

カーテンが開け放たれ、スカイツリーが見える小ぢんまりとした客室には、事前に入室した形跡がまったくなかった。ＬＡＮコネクタに近いデスクの上には利用案内のファイルがあり、パソコンを置いてネット接続を試みたとは思えない。

「なんていうかぁ、今のところ家も遠いし、結婚前提だって前もってわかってるんだから早く結論出した方がいいと思うんですよねぇ。私は桃木さん凄い気に入ってるし、全然いいですよ。寝てみないとわかんないし、今日は安全日だしぃ」

ベッドを背景に媚《こ》びる彼女の言葉に、春都はサァッと青ざめる。

大学時代の先輩であり、現在は社長でもある柿本冬彦《ふゆひこ》から、「女にはくれぐれも気を付けろ。特に今日は安全日だとか抜かす女は危険だ」と、厳しく言われていたのを思い出す。そうでなくとも愛のないセックスなどする気はなく、春都は首を横に振って後退した。

「すみませんけど、僕そういうの無理なんで……あの、ごめんなさい」

「えっ、ちょっと何それ。女の子に恥を掻かす気？　私の番号書いたんでしょ、酷《ひど》くない？」

「貴女《あなた》がどうとかじゃなくて、こういうことは何度もデートを重ねてから自然とそうなるものだと思ってるんです。貴女は……弥生さんはとても美人で僕には勿体ないと思ってますけど、自分なりのポリシーがありますから、ごめんなさいっ」

春都はすぐに扉に飛びつき、ドアガードを外す。

ところがドアノブに触れようとすると手首を摑《つか》まれてしまい、思うように開けられなかった。

「ちょっと待ってよ！　何も帰らなくてもいいでしょっ、それでも男なの⁉」

「手を放してくださいっ」

狭い入口で体を押され、肘が扉にぶつかる。ドンッ！　と音が立つ中、どうにかドアノブを回すものの、扉が少し開いたところで押し閉められてしまった。

「何やってんのよっ、普通は逆でしょ！　ありがたがるもんじゃないのっ⁉」

「本当にやめてくださいっ、帰らせてください！」

女性相手に何をやっているのかと……自分でも情けなくなる春都だったが、狼狽《うろた》えるあまり冷静な判断ができない。釣られて声も大きくなってしまい、数センチ開けては体当たりで閉じられ、「怒るわよ！」「帰らせてください！」の言い合いが続いた。

「うわ……っ、ぁ！」

「きゃあぁ――っ！」

このまま中途半端なことをしていては怪我をさせてしまうかも知れない……とにかく本気で逃げよう！　と思った直後、春都は力いっぱい扉を開いた。その結果、扉に体当たりしようとした彼女の体が春都にぶつかり、二人して廊下へと雪崩《なだ》れ込む。

「痛ぁいっ！　何なのもうっ、信じらんない！」

「すっ、すみません！　大丈夫ですか⁉」

どっしーんと倒れた彼女の下敷きになった春都は、僕だって痛いのにどうして謝らなければいけないんだろう……騙《だま》されて酷い目に遭ってるのはこっちなんですけど——と言いたくても言えない男という性別にうんざりしながら、ずれた眼鏡を押さえて絨毯《じゅうたん》に手をつく。

腕立て伏せのような体勢で何とか顔を上げると、目の前に黒い革靴が見えた。

綺麗に磨き抜かれた靴で、一流ブランドの物だとすぐにわかる。サイズは相当に大きかった。

「お嬢さん、大丈夫ですか？　部屋の入口で押し問答とは、穏やかじゃありませんね」

大きな足の男は、弥生に押し潰された春都の前で膝をつく。

やたらと長い脚を折った姿勢で、足と同様に大きな手を彼女に向かって差し出した。

「栗生さんっ」

弥生が声を上げたと同時に、春都もその名を頭の中で叫ぶ。

ネクタイを外して襟元を開いてはいるものの、お見合いパーティーで会ったばかりの彼が、スーツ姿のまま目の前に居た。

「女性1番の桂木さんでしたよね？　今日のパーティーは年齢順というより、美人順に番号が振られているのかと思ったほどでした。さあ、お手をどうぞ」

「あ……あら、まあ……」

「お怪我がなくて何よりです。貴女のように美しい方と二人切りになったら、彼のような若い男が自制できなくなるのも無理はありません。いくら無害そうに見えるからといって、簡単に部屋に入れたりしてはいけませんよ。男は皆、狼《おおかみ》ですから」

栗生は弥生の手を取って起き上がらせると、春都には目もくれずに微笑《ほほえ》む。

そして弥生が何か言うより先に、「お互いのためにならないと思いますので、ここは穏便に済ませた方がいいでしょう。彼には、同じ男として私が厳しく言っておきますよ」と言って、春都の上着の後ろ襟を引っ摑んだ。

「あっ、ちょ……ちょっと待ってくださいっ、あの……僕はっ！」

「いいから来い！　まったく犬や猫じゃあるまいし、みっともなく盛るなんて最低だなっ」

「えっ、いや……っ、あの！　違うんですっ」

「言い訳はやめろ！　警察に突き出されたいのか⁉」

栗生は心底軽蔑《けいべつ》していると言わんばかりな顔で春都を睨《にら》み、それこそ犬猫を乱暴に引っ摑むような仕草で引き摺《ず》って行く。そしてエレベーターホールに向かいながら振り返ると、弥生に向かって「いつかまた、パーティーでお会いしたいですね」と言って、軽く手を振った。

「はっ、はい！　是非っ！」

「やめてくださいっ、放してください！」

栗生の手でエレベーターホールへと連行された春都は、痴漢冤罪《ちかんえんざい》という言葉を頭に浮かべる。続いて強制猥褻《わいせつ》や強姦未遂といった罪状が浮かび上がり、あまりのショックに、ここで何をどう言って誤解を解けばいいのかわからなかった。

自分よりも二十センチ以上背の高い栗生が怖いのはもちろん、抵抗すると問答無用で警察に突き出されるような気がして、流されるままエレベーターに乗り込む。

「あのっ、聞いてください！　僕は本当に何もしてません！」

掴まれていた後ろ襟を放された瞬間、春都は力いっぱい叫んだ。

エレベーターには他の乗客はなく、栗生は迷わず四十一階のボタンを押す。

ボタンの横には、『バー・ラウンジ』と書いてあった。レストランフロアの真上に当たる。

「ごめんごめん、わかってるよ全部。ドアが開いたり閉じたりしてる間、会話も聞こえたしね。どうして部屋に入ったんだか知らないけど、ああいう子について行く君は迂闊《うかつ》過ぎる」

「……え？」

春都は振り返った栗生と顔を見合わせ、彼が少しも怒っていないことに気づく。

先程までの侮蔑《ぶべつ》の眼差しは何だったのだろうかと思うほど、和やかな表情がそこにあった。

どうやらすべては演技だったらしく、彼は自分でも「名演技だった？」と言って笑う。

「あの子……就職経験のない家事手伝いの子だろ？　若い子にしては珍しいくらい結婚願望が強い上に、男の収入へのこだわりが半端じゃない。働くのが嫌なだけの、怠け者の美人だよ」

「そ、そうなん……ですか……」

「指名されて一対一で五分ほど話したけど、収入のいい人と結婚すれば家事もプロに任せられるとか言ってたしね。一度や二度散々な目に遭わないと現実が見えないんじゃないかな。君が何故あの子の番号を書いたのか不思議でならなかったよ。空気読めてないっていうか、いくら美人でも……あれはちょっと問題あり過ぎない？」

苦笑する栗生を前に、春都は彼が今日もマッチングカードを無記入で出したことを確信する。

お見合いパーティーの最後に機嫌が悪く見えた理由はわからなかったが、女性『1』番の彼女を選んだわけではなかったことを、心から良かったと思った。

栗生の選んだ女性を奪うような形になって憎まれることも嫌だったが、それ以上に……彼が選ぶならもっと特別な——身も心も磨き抜かれた素晴らしい女性でないと嫌だと、何故か強く思ってしまった。

「——実はその、ペンが……たぶんインクがまだ乾いてなくて……カードを慌てて折った時に自分の番号が反対側に写っちゃったんだと思うんです……それでマッチングしたことに……」

「ああ、なるほど、1番だったのが不運だったな。2や3だったら気づいて貰えただろうに」

「ええ、本当に吃驚《びっくり》でした。白紙……というか、空欄にしておいた筈なのに……」

春都は冤罪から逃れられたことと、彼に軽蔑されていなかったこと、そして彼が『1』と書いていなかったことのすべてに安堵《あんど》して、エレベーターの隅に身を寄せる。そうでもしないと膝の力が抜けて、その場に座り込んでしまいそうだった。

「怒鳴った上に乱暴なことをして悪かったよ。ああいうタイプはプライドを挫《くじ》かれるとどんな反撃をしてくるかわからないからね——気を付けないと駄目だよ、男の言い分は通り難い」

「は、はい……そうですよね。あの時は混乱して何も考えられませんでしたけど、逃げ出したあとになって、乱暴されたって訴えられる危険もあったんですよね……強姦未遂とかで……」

春都はそこまで言ってから、弾けるように背を正す。よくよく思い返せば、エレベーターの壁に寄りかかっている場合ではなかった。

「つまりっ、助けてくださったんですよね⁉　すみません、御礼が遅くなりました！　どうか謝らないでください、むしろ僕が謝らないと！　ご迷惑をお掛けしてすみません。ありがとうございましたっ」

「同じ階に部屋を取っていて良かったよ、通りかかったのも何かの縁だ。一杯やらない？」

「あ……それでバーのあるフロアに？」

「首根っこ捕まえたお詫びに、ご馳走するよ」

春都は栗生の思いがけない誘いに驚き、同時に両手を顔の前で振る。

助けられた身で奢《おご》られるなど考えられず、すぐに「僕がご馳走します！」と声を上げた。

「年下に奢られるのは苦手なんだよね、1番てことは年下でしょ？　いくつ？」

「二十五です。あ、じゃあ……あの、せめて割り勘でお願いします。そうでないと心苦しくて居られません」

「いいよ、じゃあそうさせて貰おう。独りで飲むのも淋しいと思ってたんで、嬉しいよ」

「はい、僕も……凄く嬉しいです。栗生さんとは何度もお会いしてるのに、一度もお話ししたことなかったし……」

春都が俯《うつむ》くなりエレベーターの扉が開き、夜景の広がるスカイラウンジが見えてくる。

春都は栗生の後ろをついて行って、最奥にある窓向きのカウンター調テーブルに案内された。

目の前には驚異的に高いスカイツリーが大迫力で見え、街はその麓《ふもと》の如く感じられる。

色取り取りの宝石を散りばめたような夜景と、テーブルのキャンドルライトが幻想的だった。

「高所恐怖症の人は無理そうな席だけど、ここで良かった？」

「ええ、大丈夫です。真下を見るとちょっと怖いですけど、せっかくですからスカイツリーを観ながら飲みたいですよね」

春都は窓を向く形で栗生と並んで座り、ガラスに映っている自分達の姿に緊張する。

これまで一言も話す機会がなかった栗生とこうしていることが信じられない上に、先程の一件による動悸《どうき》も治まっていなかった。何より、三つ違いとは思えないほど洗練されて大人びた彼を見ていると、隣に座っている自分が就職活動中の学生に見えてきて情けなくなる。

社長の柿本と居る時も似たような感覚はあったが、一緒に居ることに慣れている柿本の場合とは比べものにならないくらい、容姿のコンプレックスを刺激されてしまった。自分の姿から目を逸らしてメニューに視線を落とし、何を頼むか考えている振りをするしかなくなる。

「一杯目は何にする？　そんな可愛い顔して、ビールと枝豆とか言わないようにね。あ、でもそういう意外性もちょっといいかも」

「か、可愛い顔？　そんなこと言われたことないですよ、眼鏡だしっ」

春都は反射的に否定したが、言われたことがないというのは嘘だった。

自分の顔なので可愛いという意識はないが、童顔なのは自覚している。男性ホルモンが足りないのか、髭《ひげ》らしき物が生えたことがなく、ニキビはもちろん、毛穴と呼べるような物が顔のどこにも見つからないため、肌を褒められることも日常茶飯事だった。

「そうかな、やたら可愛い人がいるなぁと思って、ついつい目が行ったものだけどね。可愛いとか言ったら失礼なんだろうけど、人間の目は魅力的なものに惹きつけられるようにできてるじゃない？　あ、注文取りにきたみたいだよ。俺はウイスキー、ストレートでいいや」

「栗生さんのようにカッコイイ……モデルさんみたいな人にそんなこと言われると恐縮です。僕は……えーっと、アマレット・ディサローノにしようかな……杏仁豆腐が好きなので」

「へぇ、杏仁豆腐の味なの？　知らなかったよ」

「杏系《あんずけい》なのでそれっぽい感じなんです。先輩が……社長が甘党の飲兵衛なので詳しくて」

春都はオーダーを取りにきた店員に、自分でカクテルの名前を告げる。

一緒に栗生の酒も注文し、「これでいいんですよね？」と問うように目を合わせると、軽い頷《うなず》きが返ってきた。

「名前、桃木さんだっけ？　仕事はＳＥ？」

「はい、桃木春都です。ゲーム会社でＳＥその他諸々、色々やってます。名刺お渡ししますね、助けていただいたのに自己紹介が遅れてすみません」

春都が名刺を出すと同時に、栗生も胸元に手を入れる。

革製の名刺入れを取り出して、お互いに交換した。

「わぁ……物凄くセンスのいい名刺ですね。珍しい紙だし、レイアウトもカッコイイ！　栗生秋仁《あきひと》さん……フリーのデザイナーさんなんですね。どういった関係のデザインを？」

「何でもって感じだな。最近は空間デザインの仕事が多くて、店舗を中心にやってる。同時にその店のＷｅｂデザインもやるから、少しは近いかな？　名刺、褒めてくれてありがとう」

「Ｗｅｂデザインなら……そうですね、少し近いものがありますね。うちの会社はオンラインゲーム専門ですから。それにしても器用なんですね……僕はゲームのことでいっぱいいっぱいなので、多才な人には憧れます」

「――株式会社パーシペスカ……あれ？　この社名どこかで聞いたことがあるな。ゲームとかやらないいんだけど、どこで見たんだろう？」

「本当ですか？　ゲームユーザーでも会社名はよく知らないなんて人もいるんですよ。ヴァンピールハンターとか、ルナティックブラッドとか、ご存知ですか？」

「あ、それならバナー広告を目にしたことがあるよ。テレビＣＭとかも観た気がする。ファンタジックなＲＰＧみたいなやつだよね？　ＣＧが凄くリアルだった印象がある」

「お目に留まっていて光栄です。学生時代にサークルの仲間と作ったゲームは本当にお粗末なものだったんですが、運良くユーザーの支持を得られたんです。それで会社を興して、今は素晴らしいスタッフのお蔭《かげ》で、ああいう綺麗な絵で動かせているんです」

話している途中に酒が運ばれてきたため、春都は話も手も止めた。

アーモンドの香りがするアマレット・ディサローノのグラスを手にすると、横の彼が「乾杯しようか」と声を掛けてくる。

「何に乾杯したらいいでしょう？」

「お見合いパーティーの負け組常連男が二人、ようやく名乗り合えたことにかな」

「栗生さんは無記入で提出してるからでしょう？」

「桃木さんだってそうだろ？　とりあえず、乾杯」

春都はワンテンポ遅れて「乾杯」と口にすると、二つのグラスを軽く当てた。

香りはアーモンドで、飲むと杏仁豆腐を彷彿《ほうふつ》とさせるアマレット・ディサローノの味を楽しみながら、正面を向く。

スカイツリーと夜景をカモフラージュにして、実のところはガラスに映る栗生を見ていた。そしてようやく、彼と並ぶ自分を正視できるようになる。

酒が入ったことと、会話や乾杯をしたことでリラックスし始めたためか、今は就職活動中の学生には見えなくなった。年収一千万以上の副社長には見えなくとも、一応社会人には見えるようになる。

隣に座る栗生は、チェイサーと共に運ばれきたウイスキーを、然《さ》も美味《おい》しそうに飲んでいた。

「栗生さんは、どうして結婚相談所に登録してるんですか？　結婚する気があるようには全然見えないんですけど……というより、したければいくらでもお相手がいそうですけど……」

「それを言うなら桃木さんだってそうでしょ。年収一千万稼ぎ出す二十五歳なんて引く手数多《あまた》だろうに……ああ、でもゲーム業界とかって出逢いがないのかな？」

「そうなんです、女性もいますけど男の方が圧倒的に多いし……社外の女性と接触することは滅多にありません。でも……何ていうか、実家が冷めた環境だったので、運命を感じる女性を見つけて……条件だけじゃなくちゃんと恋愛して、温かい家庭を作りたいって思ったんです」

春都は初めて喋る同性に向かって、あまりにも本心を曝《さら》け出してしまったことに照れ、自分本来のペースを乱して酒を飲む。それを見たウエイターがすぐに注文を取りにきたので、また同じ物を頼んだ。

「それで？　運命を感じる女性が見つからないから、真っ白のまま出していると……」

「はい、仕事が忙しくて一対一のお見合いはなかなか難しいので、お見合いパーティーに絞って婚活してます。それでもやっぱりなかなか……これだっていう出逢いがなくて。栗生さんは？あの……間違ってたらごめんなさい、もしかしてサクラとかだったりしますか？」

「うーん、サクラといえばサクラかな……実はお手本役なんだ。あ、これオフレコで頼むよ」

「はい、もちろんです。でも……お手本て？」

「俺が所属してることになってる結婚相談所は、一番上の姉が経営してるんだ。圧倒的に男の会員が多いんだけど、収入がある程度あっても結婚できない男は、ああいう場での立居振舞や会話、女性への気遣いがなっていない。結婚相談所に登録してる女性で、外見重視の人なんて少数派だからね……外見がいまいちだって上手くいく人はいくんだよ。どのパーティーでも、そういうタイプの男っているだろ？　要するに会話のスキルが高いんだよね。自己アピールをしつつも自分の話ばかりじゃなく、女性が訊かれたいことを上手く訊いてあげて、会話を盛り上げることができる。もちろん笑顔で、貴女と話している今がとても楽しいと言わんばかりな表情をしてみせる。美形じゃないなら、容姿の不味《まず》さを補う何かが不可欠じゃない？」

「そういえば最後にマッチングしてた男性……わりと太めだったけど、立食の時に囲まれてましたね。たまたま近くに居たんですが、とても明るくて感じのいい人だなって思ったんです」

「そうそう、あの人は姉の相談所の会員なんだ。今は接客業で、前職は営業関係。婚活市場は桃木さんみたいに恋とか運命とかよりも、条件優先な人が圧倒的に多いからね、条件が合って人柄が良さそうなら結構成立するんだよ。とはいっても身なりや清潔感は大事だし、女性向けの気遣いも必要になる。そういうわけで、お手本役を任されてるんだ」

「お手本……ですか……確かに栗生さんの女性に対する接し方は勉強になります。そう簡単に真似できるようなものじゃありませんけど、いつも凄いなって思ってました」

「俺と一番上の姉とは一回りも年が離れていてね……そこから二つずつ違いで、三人もいるんだ」

「え……お姉さんが……三人っ？」

「そう、三人。しかも母親はシングルマザーのエッセイスト。女四人の家で育ったものだから、女扱いは子供の頃から叩き込まれてるってわけ。女性参加者を喜ばせるパンダ役になりつつ、不器用な男性参加者に手本を見せつけるよう言われてるんだよ。それも今日で最後だけどね」

春都は苦笑する栗生の横で、「最後なんですか?」と訊いて続きを促す。

彼はグラスを傾けながら「最後だよ」と答えるものの、理由は明かさなかった。

「――……そろそろ、バレちゃいそうですもんね」

「さっきの彼女がそんなこと言ってた? 俺は桃木さんもあやしいものだと思ったけどね……さっき年齢を訊いたけど、本当は知ってたんだ。所属会社が違うから、女性用ファイルに書かれている程度の情報しか知らないけど、二十五歳の桃木さんで、身長は一六七センチ。ＳＥで年収は一千万。世田谷《せたがや》在住で、趣味は映画観賞だってことは知っちゃってた。ごめんね」

「いえ……それはいいんです。だってもう、名刺もお渡ししてるし」

女性会員に公開している範囲内とはいえ、個人情報の一部を漏らされていたことを、春都は少しも不快に感じなかった。自分も隙《すき》あらば栗生の情報を覗き見ようと思っていた上に、彼のような男に興味を持たれたことを、光栄にすら感じる。

「でも……映画鑑賞は半分嘘で……本当はゲームって書きたかったのを控えて映画鑑賞にしておきました。観たい映画があっても行く時間が取れなくて、気づくとセルが出てるんですよ。映画館よりむしろ、マイペースに自宅で観る方が良くなっちゃいました」

「わかるわかる。うっかりすると地上波で流れてて、時間経つの早いなぁって実感するよ」

「そうそう、そうなんですよね。洋画劇場のCMを観て思い出してポチッたりしてます。でもやっぱりすぐには観られなくて、未開封のまま積むばっかり。観る時は観るんですけどね」

春都の言葉に栗生は笑って同調し、それからおもむろに「話を戻すけど」と切り出す。

「結婚相談所に、男の二十五はないだろ……って正直思ったよ。もちろんいないわけじゃないけど、俺が知ってる範囲では、桃木さんみたいに容姿に恵まれた若い人はいなかったからね。それにどう考えても空欄のまま提出してるし、どういう事情の人かと気になってた」

「よ、容姿に恵まれ、とか……それこそ一度も言われたことないですっ、勘弁してください」

「お世辞じゃないよ。それにあんまり可愛い可愛いって言うと、さすがに失礼じゃない？」

「……ぅ、でも……超イケメンな人にそういうこと言われるのは……つらいです」

「可愛いならもっと軽くていい？　じゃあ遠慮なく可愛いって言っちゃおうかな」

「や……っ、別に……僕は普通ですから……むしろ地味です、地味な眼鏡のオタクですっ」

春都はたじたじとなるまま、グラスに残った酒を勢いよく飲み干す。

混血めいた華やかな琥珀の瞳に見つめられると、酔いが回るのが早くなった。

「そんな可愛い顔してても副社長なわけだし、仕事してる時はビシッとしてるのかな？」

「ど、どうでしょう……社長には立場を弁《わきま》えて貫禄を出せってよく言われますけど……でも、キレる時はキレるので部下には鬼とか呼ばれてますし。あ、でも不当に怒ったりはしませんよ、仕事もちゃんとしてます。むしろ仕事大好き人間なんです。お見合いパーティーのために月に一度は休みますけど、それ以外は毎日出社してますし」

「毎日は凄いね、もしかしてワーカホリック？　俺もそういう時期があったからわかるけど、若いからって油断して体壊さないようにね。あまり人のこと言えないんだけど……」

「ありがとうございます……モヤシ体型だし体力なさそうに見えると思いますけど、精神力で結構もっちゃうんですよ。趣味を仕事にしてるせいですかね……四徹とかわりと余裕で……」

「四徹……うわ凄いね、それはご立派。二十五歳の体力は侮れないね、俺にはもう無理そう」

「三つしか違わないじゃないですか。それに栗生さんこそ物凄くタフに見えますよ」

「うーん……タフなところもあれば、そうでないところもありって感じかな。ここ五年ばかり働き詰めだったんで疲れてきちゃって、三ヶ月くらいしっかり休もうと思ってるんだ」

「三ヶ月も？　じゃあ、ご旅行とかされるんですか？」

「うん、とりあえずハワイで遊んでから、世界遺産巡りの予定。フリーならではでしょ？」

「いいですねぇ……あちこち回られるならくれぐれも気を付けてくださいね。栗生さんなら、どこに行っても困らなさそうですけど」

「どうだろうね……胃袋は強い方だと思うけど、英語以外はあやしいものだからなぁ」

春都は栗生を直接見たり、ガラスに映る姿を見たりを繰り返し、自分との体格差を思い知る。生まれ付き以上のものを感じる彼の体躯《たいく》は、スポーツジムで鍛え抜かれているように見えた。仕事一徹な自分は嫌いではなかったが、それでもやはり、いわゆるリア充な匂いのする人を前にすると引け目を感じたり、憧憬《どうけい》を抱いたりしてしまう。

そこにウエイターが注文を取りにきて、栗生は同じ物を、春都は杏露酒《しんるちゅう》を頼んだ。

運ばれてきた酒が自分には強めだとわかっていた春都だったが、口当たりが良い上に栗生と話していることが嬉しくて、くいくいと飲んでしまう。

「オンラインゲームってやったことないんだけど、よく無料無料って宣伝してるよね？　広告収入で成り立ってるの？　それとも基本無料で、実際には有料サービスもある感じ？」

「両方ですけど、どちらかと言うと後者です。今現在手掛けているのはアバターコミュニケーションゲームなんですけど、本当に基本的なことは無料でできるので、パソコンや携帯を持っていれば簡単に始められます。でもこれがＳＮＳの要素が強くて、そこがユーザーにとっては罠《わな》になるわけです。リアルもしくはネット上の友人と繋がっているので、現実の服装や生活と同じように、自分のアバターにも人よりいい服やいい部屋を与えたくなるんですよ」

「なるほど、無料で手に入る物と有料の物じゃ、品質が違うってことか」

「ええ、有料アイテムは手が込んでいる上に現実世界の流行を意識した物も多くあって、レアアイテムには可動品もあります。ただの絵じゃなくて動くので、自分の分身であるアバターを豪華にキラキラ輝かせることができるわけです。しかもアイテムは普通に購入できるわけではなくて——えーっと……玩具屋さんの店頭とかによくガチャガチャってあるじゃないですか、フィギュアとかが入ってるカプセルが出てくるやつです。ああいうのをネット上で回すんです。つまり運によって当たり外れがあって、欲しい物が必ず手に入るわけではありません。一万円投入しても手に入らないこともあれば、最初の三百円で一発で出てしまうこともある。友人が運良く低額でレアアイテムを出して身に着けていると、自分も簡単に出せるかもって気がしてくるんですよ。SNS要素を強めて、アバターを常に見せ合ったり日記などで情報交換させることで、無料ユーザーのままではいられなくしてしまうんです」

「なるほど、凄い世界だね……ある意味とても現実的だ。友達が持ってる物は自分も持ってないと話題に入れなくなる、小学生の頃の感覚を思い出すよ。大人になったらなったで人よりもいい物を持ちたい虚栄心が強くなるし。子供でも大人でも、ハマると大変なことになるね」

「そうなんです……実際に着ることも住むことも食べることもできないデータなのに、ネットオークションでは数千円……物によっては数万円で取引される場合もあるんですよ」

春都は現在手掛けている仕事の話を、問題のない範囲で話しながら、社長の柿本の顔を想い浮かべていた。今日も午前中は出社したのだが、アバターコミュニケーションゲームを作るに当たって甚大な問題に直面しており、柿本に「いい加減、妥協しろ」と言い渡されていた。

「桃木さん？　どうかした？　顔が凄く赤いけど大丈夫？」

「……ぁっ、ほ、ほんとだ……赤くなってる。窓ガラスに映しても……わかるくらいですね」

「杏露酒を水みたいに飲むからだよ。お酒、あんまり強くない方？　普通くらい？」

「普通よりも……ちょっと弱いくらいかなと思います。今日はペースも速かったし……」

春都はそう言いながらもさらにグラスに口を付け、自分でもよくわからないまま酔いを加速させてしまう。けれど止められることはなく、その代わりに肩を軽く撫《な》でられた。抱くのではなく、叩くのでもなく、撫でると表現するのが一番近い触り方だった。

「姉の手伝いをした日は、ご褒美で部屋を取って貰ってるんだ。バーで女の子でも引っ掛けて、連れ込んでいいってことだよ。ダブルじゃなくてツインなんだけどね」

「は、はぁ……そうでしたか……っ、て……ぇ？　連れ込んで？」

「でも今日はそういう気もないし、泊まって行けば？　ここは錦糸町だから、明日早く出れば帰宅してから出社できるよね？」

「え……っ、でもそんな……ご迷惑では……」

「迷惑だと思うなら誘わないって。俺は好き嫌いハッキリしてるからね。男同士だし気にすることないじゃない、雑魚寝《ざこね》的なノリでいこうよ。知らない世界の話が聞けて楽しいしね」

「……本当……ですか？　オタク系の世界の人間なので……夢中で喋るとそういうの丸出しになっちゃって、気持ち悪いとか思われて……一般の……リア充の人にはドン引きされたりとか、凄く……心配になるんですけど……本当に大丈夫ですか？　つまらなく、ないですか？」

「もちろん平気だよ、楽しいって言ってるじゃない」

春都は呂律《ろれつ》が回り難くなっていることに気づきながらも、感動のあまりさらに酒を飲む。

栗生秋仁という人は、単に見た目が良いというだけではなく――自分には縁のない華やかな世界の代表のように感じられ、彼に認められると異様なほど嬉しくなれた。

「正直に言うとね……引き籠《こも》ってゲームばかりやってるのは、どうかなと思うよ。でも作り手は別でしょ、仕事として利益を考えて作ってるわけだから、それが成功してるのは凄くカッコイイよ。桃木さん、さっき『罠』って言葉を使ってたじゃない？　ああさすがにプロなんだなぁと思ったよ。俺、綺麗事とか夢とか純粋なものとか、まったく興味ないから――現実に即応して、利益を生める才能にこそ惚《ほ》れるんだよね」

「しゃ、社長には……お前はまだまだ甘いってよく言われるんですけど、でも……栗生さんにちょっとでもプロっぽく思って貰えたなら、凄く……あの、物凄く……嬉しいです」

春都は顔がますます赤くなるのを感じながら、冷たいグラスを両手でぎゅっと握る。

栗生に触れられている肩が燃えるように熱くなって、心音が体中に轟《とどろ》いているようだった。

《三》

栗生秋仁が取っていた部屋は、桂木弥生の部屋と同じ二十二階だったため、二人は二十三階でエレベーターを降りた。そこから非常階段を一つ下りて、金属製の扉を慎重に開ける。

「今なら大丈夫。足音静かに、そーっと早足ね、いい？　行くよ」

「了解です、鍵の準備は大丈夫ですか？」

「うん、サッと入れてスパッと抜くから飛び込んで。眼鏡落とさないようにね」

「はいっ」

小声でやり取りしてから飛び出した二人は、競歩のようにさかさかと廊下を急いだ。

コンパスの関係で春都は栗生の背中を懸命に追いながら、噴き出しそうになるのを堪える。もしも弥生に見つかったら面倒だとわかってはいるものの、酔いも手伝って、この秘密の行為が楽しくて仕方なかった。

栗生は言葉通りカードキーを手際良く差し入れ、ロックを解除させるなりスッと抜き取る。そして扉を開けると、春都の体を押し込むようにして先に部屋に入れた。

春都は薄暗い部屋の中を走って進み、栗生はドアガードを掛けてライトを点《つ》ける。

「やった……っ、1番の彼女に見つからずに済みました！　作戦成功ですっ」

無事に部屋に到着した安堵と喜びのあまり、春都はベッドにダイブする。

どちらのベッドを使っていいか伺いを立てることもせず、人様が借りた部屋であることさえ頭から飛んでしまっていた。栗生がクスクスと笑っているので罪悪感もなく、体がふんわりと気持ち良くて仕方ない。ベッドに転がりながら上着を脱ぎ、ネクタイも外して放り投げた。

「シャワー、先に浴びる？　まだ酔ってて危ないかな？　俺が先に浴びた方がいい？」

「お先にどうぞぉ！　あ、お背中流しましょうかぁ？」

「それ本気にしていいの？　バスルーム、結構広いからね。そういうこともできちゃうよ」

「ここは栗生さんの部屋ですよねー、僕はー……お背中流して御礼したいですよぉ」

「桃木さん……さっきより随分酔ってるね、小走りはまずかったな。危なっかしいからそこでそのまま、水でも飲んで酔いを醒《さ》ましてて」

栗生は広々としたツインの部屋の奥に進み、冷蔵庫を開けてミネラルウォーターを取り出す。

目の前でキャップを緩められたボトルに、春都は俯《うつぶ》せに寝たまま手を伸ばした。

頭のどこかで、起き上がって受け取らなきゃ……御礼をしなきゃ……と、常識的に動こうとしている自分がいるのに、だらりと寝たまま受け取って、「どぉもー」としか言えない。

「生憎《あいにく》バスルームとトイレが一緒になってるんだ。鍵は掛けないでおくから、もし気持ち悪くなったら遠慮なく飛び込んでくるんだよ。いいね？」

「うん……そぉする……」

春都は言った側から、「うん」じゃないだろう――と思ってはいて、けれどやはり訂正できない。そのくせ、こんなに酔うのは人生三度目だな……と、数えたり比較したりする思考はまだ生きていた。一度目は居酒屋で二度目は自宅だったが、どちらにも面倒見の良い柿本が居たので、問題も心配もなかった。しかし今夜は違う。

迷惑を掛けてはいけない、初対面同然の人と一緒なんだ……と思うと、ペットボトルの水を飲むのも早くなった。心地好い酔いに身を任せず、自力で何とか醒まそうとするだけの理性は辛うじて残っている。

（――なに酔ってんだ僕は……駄目だ……早く、しゃんとしないと！　オタクは常識ないとか思われて、嫌われちゃう……せっかく知り合えたのに、そんなの絶対駄目だ！）

春都はゴキュゴキュッと音を立て、清涼飲料水のＣＭさながらの勢いで水を飲む。

意志の力も手伝って、酔いが徐々に醒めていく実感を得られた。

栗生がシャワーを浴び終えてバスローブ姿で戻ってきた時、春都は乱れたベッドを正して、ソファーの方に移動していた。さらに靴を脱いでソファーの上で正座し、膝に手をついて頭を下げる。

「栗生さんっ、あの……すみません！　お邪魔している身で厚かましい態度は取るし、ベッド勝手に使うし、だらしない恰好をお見せして……ほんとにすみませんでした！」

「アハハ、やだなぁ……謝らないでよ、そんなこと気にしなくていいよ。酔いはだいぶ醒めたようだし、シャワー浴びてきたら？」

「は、はい……っ、あ……ぁ……ぅ」

春都は顔を上げるなり栗生と目を合わせて、酔いが一気に戻ったような感覚に襲われた。

西洋人とのハーフではないかと思われる――金色に限りなく近い琥珀色の瞳が、真っ直ぐに自分に向かってきている。

明るい色の柔らかそうな髪は濡れており、タオルで無造作に拭いている姿が様になっていた。

シャツから解放された首は、がっしりとした肩に向けて雄々しいラインを描いている。

鍛えられた筋肉に覆われた体の厚みが、バスローブ越しに見て取れた。

「――……ん？　どうかした？」

「！」

春都はソファーの上に正座した状態から、飛び跳ねるように下りた。何か言おうと思っても言葉にならず、彼の前を素通りしてからようやく声が出て、「シャワーお借りします！」と、無駄に叫んでしまう。

慌《あわただ》しく開いたバスルームの扉の先には、曇り止め加工を施された鏡があった。

真っ赤な顔が容赦なく映し出され、赤過ぎる耳に思わずぎょっとする。

（……な、なんで赤くなってるんだ……いや、おかしくないよ……お酒のせいだよね……まだ醒めてないんだよ、抜けてないんだよ全然。だって男同士だし、ただ髪の毛拭いてただけだし、照れる必要なんてない……っていうか、そうか……照れてるんだ！　僕はカッコイイ人の前で醜態晒《しゅうたいさら》して、恥ずかしくて真っ赤になってるんだ！　ああなんかもうっ、こそばゆい！）

春都は鏡を見たくないあまりに眼鏡を勢いよく外し、シャツを大急ぎで脱いだ。

シャワーを浴びれば気分も切り替わる筈だと信じて、とにかく先を急ぐ。けれど視界がぼんやりとしてくると、それに反比例するように記憶の輪郭が明瞭になっていった。

（――あのバスローブの中って……裸、だったんだよ、ね？　これまでは、近いんだけど同じテーブルには着いたことなくて、立食の時は囲まれてるし、まったく全然喋る隙なんてない人だったのに……嘘みたいだ。急に友達みたいにお近づきになっちゃって……いいのかな……）

春都はガラスの仕切りで区切られたバスルームに向かい、シャワーヘッドを摑む。

乳白色の人工大理石の浴槽は空っぽで、シャワー周りのタイルだけが濡れていた。

いつも完璧なスーツ姿だった栗生が、自分が今、裸で立っている場所に同じように裸で立ち、先程までシャワーを浴びていたのかと思うと……足元を見下ろさずにはいられなくなる。

男同士だというのに何故か妙に意識して、特別に感じてしまった。

（――……芸能人が泊まった部屋に泊まっちゃった……みたいな……そういうミーハーな感じ、なのかなこれ？　何だか凄くオーラがあるっていうか、キラキラしてる人だし……住む世界が違う感じで、眩《まぶ》しく見えたから……）

春都はシャワーを浴びながら、備えつけのシャンプーを手に取る。

その香りには覚えがあり、髪を拭く栗生から同じ香りがしたことに気づいた。

視力の関係と湯気で一層霞《かす》む視界の中、彼の存在感ばかりが強くなる。

おかしい、自分は今、何か変だ……と思っても答えは出ず、手だけは淡々と動いた。

髪を洗って顔も体も洗い終えた春都は、ガラスの仕切りの側にあるバスタオルを手にした。

そのすぐ近くの棚にバスローブも置いてあり、袖を通そうとすると、Mと書かれているのが目に留まる。元々置いてあるのはLとMらしく、棚の中には、サイズ変更が必要な場合はフロントに声を掛けてください――といった内容のメッセージカードが入っていた。

（――これって、女の人が着ることを想定してあるのかな……なんか、僕のせいで楽しい夜をお邪魔しちゃったみたいで、悪いな……）

春都はバスローブを着て髪をよく拭いてから、ドライヤーを使って軽く乾かす。

そして眼鏡を掛けると自分の姿がくっきりと見えて、ますます申し訳ない気持ちになった。

もしも自分が弥生に連れ込まれたりしなければ、栗生は独りでバーに行って、今頃は彼に似合いのセクシー美女がここでこうしていたのかも知れない——袋に入った割箸《わりばし》のように貧相な体型のオタク系の男が、本当にここに居ていいのだろうかと、つくづく気後れしてしまう。

「——考え過ぎないように……しよう……」

春都は溜息混じりに呟《つぶや》くと、胸を押さえて深呼吸した。

栗生自身が誘ってくれて、気にしなくていいとも楽しいとも言ってくれたのだから、あまり恐縮し過ぎてはかえって失礼にもなってしまう。男同士なのだし、もっと気楽にいこうと心に決め、両頬を叩いてからバスルームをあとにした。

「！」

パイルのスリッパを履いて居室に踏み出すと、そこは先程と打って変わって暗くなっていた。微調整が可能なスタンドがほんのりと灯《とも》り、煙草の先端が赤く光っている。

明るい所から移動してきた春都の目には、暗過ぎるように感じられた。

栗生は二つあるベッドのうち、奥のベッドに腰掛けながら紫煙を燻《くゆ》らせている。

「栗生さん……シャワーお借りしました。あの……もう寝るんですね？　ドライヤーの音とかうるさくなかったですか？　もたもたしてすみません」

「そんなに謝ってばかりいて、疲れない？」

「――……ぇ、あ……いえ、すみません。あ……あの……煙草、吸われるんです……ね」

春都は栗生が喫煙者だったことや、今の彼の表情や態度に、奇妙な違和感を覚える。

お見合いパーティーで見てきた栗生も、今夜一緒に飲んだ時の栗生も、基本的に愛想が良く、他人を否定するような空気を醸《かも》し出す人物ではない筈だった。ところが今は、どことなく嘲《ちょう》笑《しょう》めいた表情を浮かべている。単に表情がどうというだけではなく、纏《まと》っている空気まで冷めたように感じられた。

「眼鏡を外して、そこに座って」

「は、はい……失礼します」

春都は言われるまま、彼の座るベッドとは別のベッドに腰掛ける。

眼鏡をサイドテーブルに置き、栗生と膝と膝を突き合わせる形になった。

「――俺の場合は、愛想良くしていられるのも煙草を我慢するのも、頑張って頑張って、最長六時間……それがもう限界って感じ。ごめんね、時間切れになっちゃった」

「……っ、ぇ？」

「にこやかにしてると表情筋が疲れるんだよね。そういうわけで素に戻ったけど――それでも逃げ出さないでくれる？　今夜は君と過ごしたいんだ」

春都はあまり明瞭には見えなくなった視界の中で、栗生が無表情であることに気づく。

ともすれば不機嫌にも見えるその顔や、彼の意味深な言葉が何を示しているのか、まったくわからずに戸惑った。

「パーティーでいつも、俺のこと見てたよね。君は自分にゲイの素質が多分にあるってこと、気づいてる？」

「──……っ、ぇ……ゲ、ゲイ？　ゲイって……ぇ？」

栗生のことを見ていなかったとは到底言えない春都だったが、ゲイという言葉には心底驚く。

これまで女性と付き合ったことがないため、友人に奥手だの童貞だのとからかわれたことはあったが、ゲイだと疑われたことは冗談でさえなかった。

「運命の女なんて──いくら探しても見つからないと思うよ。運命の男なら見つかるかも知れないけどね。もしかしたら俺がそうだったりして」

「栗生さん……あの、ちょっと待ってください、どういう意味ですかそれっ」

「人間をやってると、嘘をつかなきゃいけない時はたくさんあるだろう？　俺はね、忙しい母親の代わりに姉達に育てられたようなものだから──どうしてもって頼まれれば見世物パンダでも、お手本でもやってあげちゃうけど……でもそれは一時だけの嘘。俺は自分がゲイだってこと、偽って生きていくのは嫌なんだよね」

栗生は煙草を揉《も》み消しながら立ち上がり、居竦まる春都の横に移動する。

ベッドのスプリング以上にびくっと跳ねる春都の体は、瞬《またた》く間に抱き寄せられた。

「栗生さん……っ、ゲイって……ぇ、だって……そんな……」

「迂闊に部屋に入ったりしちゃ駄目だって言っただろ？　一日に二度は騙され過ぎだよ」

「……ざ、雑魚寝って……男同士の、雑魚寝みたいなものって……言ってたじゃないですか。ほんとは、この部屋は女の人を連れ込むためだって。だいたい、栗生さんみたいな人がゲイだなんて信じられません……凄く、女の人にモテるし、優しくしてるのに……」

「狙った獲物を引っ掛けるためなら、嘘くらいつくでしょ。女はね……正直なところ、実家で姉達を見過ぎて飽き飽きなんだ」

春都はバスローブ越しに肩を抱かれながら、逃げることもできずに俯く。

パイルのスリッパに包まれた自分の足だけを見て、体を萎縮《いしゅく》させた。

「元モデルの女社長と編集長に、銀座《ぎんざ》のホステス、客観的に見てもセクシー系の美人ばかりでね、物心ついた時には女の裸を見飽きてた。そのせいかどうかわからないけど、女に欲情できなくなってたんだ。まあ……頑張れば抱けないこともないんだけど、ちょっとつらい。そんな俺を物凄く欲情させる君を見つけたんで、姉の頼みを毎回引き受けてたわけ」

「……っ、な……何……言って……ぁ……あのっ、肩……放してくださいっ」

「天然のままの綺麗な髪、ごてごて塗ってないベビーフェイスに、ぺたんこの胸と超小尻……薄くて折れちゃいそうでストイックで……最高に俺好みだよ。脱がしたくて堪《たま》らなくなる」

「あ……っ、わ……ぁ！」

春都は肩を抱かれたまま押し倒され、瞬く間に組み敷かれてしまう。

栗生の手で両足をベッドに乗せられると、脱げなかったスリッパをスッと脱がされた。

絶句している春都の視界で、栗生は静かに口端を上げる。

スリッパを後方の壁に向けて放り投げると、それを合図にしたかのように身を伏せた。

「や……っ、ちょ……っ、待って……っ、待ってください！」

両手首を摑まれ、頭の上で纏め上げられた春都は、鉛《なまり》のように動かない体を捩《よじ》らせる。

自分では大きく動いているつもりだったが、実際には微々たる抵抗しかできていなかった。

「大丈夫だよ、ＳＭとか特殊な趣味はないから安心して。病気も持ってないし、初めてだってわかってるから、ちゃんと優しく抱いてあげるよ」

「……だっ、抱くとか言わないでください！　僕はゲイじゃありません！　勘違いですっ」

「正直じゃないねぇ……せっかくゲイに寛容な国に生まれたんだから、堂々としていればいいじゃない。ゲイだってカミングアウトしたからって、石を投げられるわけでもなければ会社に席がなくなるわけでもない。自分を偽って手に入れるものがどれほど大事？　思い切って飛び越えてから振り返って見ると、案外低い障害だったと気づくものだよ」

栗生の唇と煙草の匂いが迫ってきて、春都は困惑したまま顔を横向ける。

彼の言い分はわからなくはなかったが、春都には自分がゲイだという認識もなければ、そういった疑念すら抱いたことがない。それについて悩んだ覚えがないのだから、障害を乗り越えるとか、思い切るとかいう次元の話ではなかった。

「ほら……そんなに固くならないで。汚いオヤジに迫られてるわけじゃないでしょ。俺のこと、好き好き抱いてって訴えるような目で見てたくせに……どうして素直に喜ばないの？」

「――……っ、ぅ！」

春都は再び絶句したが、その途端に唇を塞《ふさ》がれる。

この世に生まれて二十五年――初めてのキスは、信じられないほど傲慢で、自信家な台詞《せりふ》を吐く男に奪われてしまった。

「う……ぅ、ぅっ」

斜めに塞がれた唇から舌が割り込んできて、自然と手足がばたつく。

先程までと比べれば抵抗できるようになったのに、それに応じて拘束も強くなるため、結局状況は変わらなかった。

「ん……ぅ、ぅ！」

栗生の頭の重みさえ感じるほど深いキスに、思考が混沌とする。

男とキスをしている、ゲイだと決めつけられている――このとんでもないトラブルを、払い除けなきゃ訂正しなきゃと思っても、その方法が見つからない。未曾有《みぞう》の出来事に体も精神もショックを起こして、気づいた時には腰紐を解かれていた。

「――……ぅ、ん……っ⁉」

栗生の舌で口内を探られ、春都は歯列を滑って行くそれから逃げる。けれど舌はすぐに捕らえられ、唾液ごと緩やかに絡め取られた。同時に触れられる脇腹がくすぐったく、びくんっと震えて逃げても、やはりまた捕まってしまう。

「は……っ、ぁ……ゃ……！」

これはふざけているわけでも何でもなく、完全に本気だ……と感じて焦ったのは、尻に触れられた時だった。栗生の大きな手には物足りないくらいに小さな尻肉の片方を、彼は円を描くように揉んで――そうしながら口づけを深めてくる。

「う……ぅ、ぐ……っ、ふ……はぅ……っ」

息苦しく、混乱し、まるで脳内にある神経を舌先で掻き混ぜられているかのようだった。

隙を見ては呼吸を求めた春都は、いつの間にか両手が解放されていることに気づく。けれど腰や肘ががくがくとして思うように動かせず、シーツを引っ摑むのが精々だった。

「――……春都……だったよね？　可愛い名前だ、そう呼んでいい？」

「……っ、は……っ、ぁ……」

唇が離れた途端、口角からとろりと唾液が零《こぼ》れてしまい、春都は陶然《とうぜん》と栗生を見上げる。

口元を拭うためにすら手が動かず、わずかに下げた視線の先に、全裸の自分の姿を認めた。

バスローブには腕が辛うじて通っているだけで、胸も性器もすべて露《あら》わになっている。

「う……ぁ、ぇ……？」

「眼鏡掛けてなくてもちゃんと見えてる？　ほら、お尻をちょっと触ってキスしただけなのに、君のここ……しっかり反応してるじゃないか。ゲイだって認めちゃいなよ、気が楽になるよ」

「う、嘘……っ、な……何で、こんな……」

春都は栗生の手で広げられた脚の間に、確かに昂《たかぶ》っている分身を見て瞠目《どうもく》した。

眼鏡が無くても十分に見て取れて、嘘だと思いたくても誤魔化しようがない。

今のところはまだ完全というわけではなかったが、先端が小刻みに震えていた。

「嘘じゃないよ、実際勃《た》ってるだろ？　忙しいのに無駄な婚活をするくらいなら、その分……俺と時々遊ばない？　君の顔も体も、本当に凄く好みなんだ。しばらくは休暇で海外だけど、基本はフリーだからね。君が抱かれたい時に抱いてあげるよ」

「あ……っ、くぁ……！」

栗生は春都の屹立《きつりつ》に触れ、指先で軽く扱《しご》きながら身を伏せる。

そして平らな胸にある微かな突起に、唇を押し当てた。

「——……っ、ぅ……」

春都は自分の乳首を男が吸っているという事態に動転し、顔だけ起こしたまま息を詰める。

存在する理由が最早わからないようなそれを、指で左右に広げるようにして舐《な》められた。

たぶんあるのだろう……くらいにしか認識していない乳腺組織を刺激し、小さな小さな孔を拡げては舌で穿《ほじく》られる。

「……ぅ、ぅ、っ、ぅ……！」

息を詰めていても漏れてしまう声は、明らかに嬌声《きょうせい》の類《たぐい》だった。

勃起したペニスを他人に弄《いじ》られるのも初めてで、乳首は自分ですら殆ど触れたことがない。

ゲイにゲイだと半ば断定されたショックは、後頭部を鈍器で殴られたかのように残っているものの——今はそれすらも快楽に食い潰されていた。シーツを握り締めていないと、正気ごと体までどこかに飛んで行きそうになる。

「——ああ……可愛いね、なんて感度のいい乳首だろう。こんなに小さいのに勃ち上がって、さらに小さくなってるよ」

「く……っ、ん……っ！」

栗生の言葉通りであることは、見なくてもわかっていた。

彼の吐息を感じる濡れた乳首は、時折歯列で軽く齧《かじ》られて、その度に股間の物が硬度を増す。快楽中枢は全身を巡る血のように繋がっており――一舐めごと、一齧りごとに、欲望の炎がめらりと燃えた。

「や……っ、ぁ……やめて、ください……た、助けて……！」

春都は大人と子供ほどの体格差を感じながら、思わず「助けて」と二度繰り返す。

体は確かに反応しているものの、だからといってすぐに流されて男に抱かれるわけにはいかなかった。両親が早くに離婚し、どちらも再婚したために祖父母に育てられ、祖父母の死後も両親に同居を拒まれた春都は、幸せな家庭を作ることを人生の目標にしている。いくら栗生が二枚目だろうと愛撫《あいぶ》が気持ち良かろうと、ゲイの道を進むわけにはいかなかった。

「助けてなんて……酷いな、俺はレイプ犯？　まだ観念してなかったの？」

栗生はクスッと笑って身を伸ばすと、春都の頬に軽いキスをする。

乱暴する気はないらしく、体の下に手を滑り込ませて抱き寄せながら、屹立を扱き続けた。

「う……ぁ、や……ゃ、め……っ」

「俺はね、婚活女子を騙してても罪悪感なんて全然ないし、基本的に愛想笑いとか面倒くさいこと大嫌いなんだよね。笑った方がモテるけど、ムスッとしててもモテるから、だったら別に嫌いなことする必要ないじゃない？　こういう感じで性格悪いけど……相手に不自由してこなかった人間のプライドとして、無理強いはしたくないんだ。だから君がどうしても嫌だって言うなら、やめてあげてもいいよ」

耳元で囁《ささや》かれた春都は、栗生の胸元にすっぽりと嵌《はま》り込んでいる体を捩らせ、与えられる快楽に耐える。口を開くと甘ったるい嬌声が漏れてしまいそうで、すぐに「どうしても嫌です」と訴えることができなかった。

「――でも、いやよいやよも好きのうちってこともあるし、君が本気で嫌がっているかどうか、確かめてから決めようか……ねえ、それでいい？　口で嫌がってるだけで、本当は俺にもっとエッチなことされたいんだって判断できた場合は、遠慮なくいただいちゃうよ」

「……っ、は……っ、ぁ！」

春都は栗生の腕に抱かれながら、昴りの先端を人差し指の腹で弄られる。

他の四指と掌で根元から扱き上げては、円を描くように鈴口を刺激された。

巧みに動く長い指に翻弄《ほんろう》される体には、快感による鳥肌が広がっていく。

「ま、待ってください……そんなの、無理です。いくら本気で嫌がっていても……そんなとこ弄られたら……っ、相手が同性だって……き、気持ち良くなってしまって、当たり前じゃないですかっ」

「うん、そうだね、それは確かにそうだ。男の体なんて単純なものだし、君は経験も浅いようだからね。この手が美女のものだろうと男のものだろうと、コンニャクだろうと勃っちゃうんだろうな。だから別の方法で判断しよう——春都……君が俺とのセックスを本気で拒んでいるのかどうか、こうして確かめるんだよ。まずはここを解放して……」

「！」

春都は耳元で名前を囁かれたことにも、屹立を解放されたことにも驚いたが、それらに対して何か反応するよりも先に手首を摑まれてしまう。利き手を引っ張られて持って行かれた先は、栗生の股間だった。バスローブに隠れて見えないものの、手にみっしりとした重みが掛かる。

「……っ、ぁ……っ」

「俺は、お見合いパーティーで初めて見てからずっと狙ってた君と……春都とエッチしたくて、こんなになってる。君を抱きたがってる正直なここを触ってみて、どう？　気持ち悪い？」

栗生はフフッと笑いながら春都の耳に唇を寄せ、耳朶《じだ》を甘く齧る。

「……ぁ、や……っ、か、噛まないで……くださ……っ」

春都はどうにかして手から意識を逸らそうとしたが、思うようにはいかなかった。

齧られた耳に向けて肩をぴくぴくと震わせながらも、手指に掛かる重みや、張り詰めた肉の感触に囚われてしまう。

すべての関節が凍りついたように動かせなくなった手の中で、著大な屹立が脈打っていた。

これまで何の刺激も与えられていなかった栗生のそれが、何故こんなにも硬くなっているのか……それを考えた途端、春都の鼓動は急速に高まる。これまでもすでに高鳴ってはいたが、比較にならないほど大きく心音が弾けた。

「――栗生、さん……こ、これ……何だって、こんなに大き……ど、どうするん、ですか？」

「ハーフだからね、大きくて怖い？　でもこんなになってるのは君のせいだよ……俺としては、春都の中に入りたくて堪らない。怖がらなくても大丈夫だよ、優しくするって言っただろ？」

春都は栗生に摑まれた手首の先で、彼の欲望を感じ続ける。

この人は本当にゲイで、しかも僕のように貧相な体を見て感じる人なんだ……と実感すると、驚きとは若干違う衝撃に胸が震えた。自分が栗生にとって性の対象になったことを、気持ちが悪いとも、不愉快だとも思えない。どちらかと言えば、申し訳ないような気がした。

（――僕の手が……触れてから、なんかまた……大きくなって……る？）

春都は栗生のペニスがますます昂っていることに気づくなり、自分の変化にも気づく。

栗生の愛撫から解放されていたペニスは、萎《な》えるどころか――むしろ扱かれていた時よりも硬くなっており、先端から垂れた滴が糸を引き始めていた。

「う……ぅ、ぁ……っ、嘘……」

「嘘じゃないよ、これが現実。はい、君の負けね。男に触られて感じたからといってゲイとは言い切れないけど、男のこれを握って感じちゃったら……それはもうゲイでしょ？　約束通り負けを認めて、大人しく食われようね」

「や、約束なんて……してませんっ！」

「仕事じゃないんだから、セックスするのに契約書なんていちいち交わさないでしょ。ほら、とりあえずひっくり返って。最高の小尻をよく見せてよ」

「うわ……っ、や、やめ……っ！」

春都は摑まれていた手を栗生の股間から離され、体を一気に裏返される。

栗生の中では合意を得たことになっているようで、これまで以上に遠慮がなくなっていた。

「ちょっと待ってください、ほんとに、ほんとに困りますっ」

「そうだね、達《い》けないと困るよね。じゃあさっさと達っちゃおうか」

「そうじゃなくって……っ、ぁ……ちょっと……！」

春都はベッドの上で四つん這いにされた挙句、辛うじて着ていたバスローブを剝《は》ぎ取られる。

目が薄闇に慣れてきて、これまでは気づかなかった色々な物が目に入るようになってきた。

二つのベッドの間にあるサイドテーブルにはスタンドと電話機と灰皿と眼鏡が置いてある。

テーブルの下は抽斗《ひきだし》、そのさらに下は空洞になっており、無色のローションとティッシュが用意されていた。

「ひゃ……っ、ぁ……や、やめてください……どこ触って……っ」

「お尻だよ。ほどほどに硬くて、でも硬過ぎず弾力があって、とにかく絶対小さくて、無駄に揺れないお尻っていいよね」

「お、男の尻は……だいたいそんなもんです……っ」

「違うよ、君のお尻は絶品だ。子供でもなければ野郎って感じでもない。何よりこの……掌にぴたりと吸いつくような感触が素晴らしいよ。肌が綺麗な人ならではだね」

「あ……ぅ、ぁ……」

「滑らかでピチピチしてて甘そうで、まるで旬の桃みたいだ」

　春都は背中の真ん中を押さえつけられて強引に伏せさせられながら、逃げても逃げても尻を撫でられる。片手でも容易に双丘の両方を撫で回せる大きな手は、時に——秘めた狭間を暴く動きをみせ、春都の動揺を加速させた。

「や、やめてくださ、ぃ……っ」

「うん、やめてあげるよ。いつまでも撫でていたいけど、早く挿《い》れたくなってきたからね。そこのローション、取ってくれる?」

「……っ、い、嫌です……!」

「ローション無しでいきなりぶち込んでもいいってこと？　そういう危険なプレイが好きなら構わないけど、大出血して病院行きになるかもよ」

「う……っ」

「ほら、早く取って。手を伸ばせばすぐだろ？」

栗生は馬を急かすように春都の尻をペチペチと叩き、春都は戸惑いながらも少しずつ、手を伸ばし始める。ローションを使って何をするかというくらいは、童貞の春都でもよくわかっていた。つまりはローションを自分が手にして栗生に渡してしまったら、それはもう――挿入を許しますと言ったも同然になる。だから絶対に取っては駄目だと思うのに……そう考えているのに、手がじわじわとサイドテーブルに向かって行った。

（――……し、仕方ない……だって……無理やりなことされたら、大惨事になるんだし……）

春都は半分泣きながらローションを摑み、それを放り投げたいのを我慢する。

すでに全裸になっている以上、女性『1』番の弥生から逃げた時のようにはいかず、体格的にも敵うわけがない。最悪の事態を避けるためには仕方ないんだと言い聞かせ、ローションを後ろ手に栗生に渡した。

「いい子だね、春都……」

「……っ！」

甘い声が背中の上に降り注ぎ、ローションのキャップがパチンと持ち上げられる音がする。

膝立ちになっている栗生によって体勢をコントロールされていた春都は、上げた腰を下げることすらできなかった。頭はすでにヘッドボードの近くまで迫っており、もしも隣のベッドに移れたとしても、結局は捕まるのが目に見えている。

「ひゃ……ぁっ、ぁ！」

ローションを双丘の谷間に垂らされ、春都はつんのめった。

ヘッドボードに額がごつんと当たったが、それどころではない。

少しばかり冷たいローションと共に、後孔《こうこう》に指を添えられた。

予測も覚悟も関係なく狼狽えた瞬間、とろみのあるローションが袋の裏に伝っていく。

「……ぅ、う……わ……っ、ゃ……」

「力を抜いて……こんなに小さいんじゃ、解すのも大変そうだ」

「くぁ……っ、ぁ……ゃ、ゃ、め……っ」

何て所を見られているんだろう……と、焦ったり恥ずかしがったりする暇はなかった。

栗生の指は、ぬるぬると滑りながら後孔の表面を撫で擦る。

そして十分な潤いを纏ってから、一本ずつゆっくりと入ってきた。

注ぎ足されるローションと共に奥へと進んでくるそれに、春都は腰を震わせて怯える。

「う……う、あぁ……っ、ゃ……っ」

「ここを雛菊《ひなぎく》だの蕾《つぼみ》だのと表現するのは無理があるような気がしてたけど、君のならそういう表現でも納得だな。乳首は桜みたいだし、ほんと……期待以上に可愛いよ」

「あ……っ、ぁ……ふ……ぅ」

きつく窄《すぼ》まった所を二本の指で抉《こ》じ開けられ、春都は額どころか半面をヘッドボードに寄せながら身悶《みもだ》えた。長い指で奥を突かれると、そこにある一点に過剰反応してしまう。

（——……何、これ……触られると、変になる……所が……っ）

息を詰めようとしてもハァハァと呼吸が乱れ、引こうとする腰は逆に上がっていった。

体の中に存在する未知の性感帯を、認めずにはいられない。

確かに気持ちいい何かがあって、それが彼の中指で執拗に刺激されていた。

「は……っ、ぁ……あぁ……ゃ、そこ……やめ、て……っ」

「やめてじゃなく、もっとしてでしょ？　ここ、そんなに気持ちいい？」

「ひぅ、ぅ……や……奥……も……ぅ、やだ……！」

このままじゃおかしくなる、自分じゃない何かになる——酔った時よりもさらに制御不能な状態に陥って、男じゃない生き物になってしまう……その焦りから正気を必死に掻き集めても、すぐに無意味になる。

せっかく集めた正気は、彼の指がずくずくと動く度に散開した。

まるで蜘蛛《くも》の子を散らすように去って行き、また集めては散らされるという鼬《いたち》ごっこを繰り返す。

「……はっ、ぁ……ふぁっ……ぁ！」

耳ではなく体の中から、内壁が擦られる生々しい音が聞こえてくる。

指の動きが速くなると、春都の正気集めは遂に追いつかなくなった。

「――……ふ、ぅ……っ、あぁ！」

昂り過ぎてパンクしそうになった分身が、時折ドクッと弾ける。

射精感を覚えながらも辛うじて堪えると、空射精に腰が震えた。

緩んだ蛇口のようになったペニスから、絶え間なく雫《しずく》が垂れる。

「さてと、そろそろ拡張していくよ。痛過ぎるようなら言ってね」

「……ぅ、うっ、や……ぁ」

栗生は揃えて真っ直ぐに挿入していた指を中で開き、関節を張り出した状態で回転させた。

そこにさらに反対側の手でもう二本指を加え、窄まりを横に拡げ始める。

肉を拡げられる感覚に、春都は快感を忘れそうになった。

いきなり現実に戻されると怖くなって、太腿《ふともも》の筋肉が張り詰める。

「い……っ、ぁ、痛……っ」

痛いような気がして思わず声を上げた春都だったが——次の瞬間には、痛みではないことに気づく。肉体的に不自然な方向から圧力を感じているのは確かだったが、小さな孔は思いの外柔軟に拡がって、栗生の四指を受け入れていた。

「ん……ぅ、ふぁ……っ！」

「……痛くなんかないだろ？　春都のここ、柔らかくて凄く拡げやすいよ。小さいくせして、大物を欲しがってるのかな？　初めてなのにエッチだね、熟れて充血しまくってる内壁が……見えちゃってるよ」

「や……っ、やめて、くださ……っ、もう……」

「もう欲しいって？　そうだね、俺も早く挿れたくて仕方ないよ。普段はこんなにせっかちなわけじゃないんだよ、もう少し堪え性がある。信じてくれる？」

栗生は春都の背に覆い被さりながら、バスローブの腰紐を解く。

それが背中に当たって滑り落ちて行くのを感じた春都は、再び膨れ上がる恐怖に慄《おのの》いた。

シーツに爪を食い込ませるようにして、瞼《まぶた》を閉じて堪える。

「ああ、駄目だよ……せっかく解したのに力を入れたら意味ないだろ？　君はもうわかってる筈だよ、抵抗なんかしたらそれだけ損するってことをね」

「ぅ、あぁ……っ、ぁ……っ」

「春都……君は本当に可愛いね、耳の内側がピンク色した白い仔ウサギみたいだ。あまりにも美味しそうで、浅ましくがっついちゃうよ」

「――……ひっ、ぅ！」

ローションでぐっしょりと濡れた後孔に熱い物を宛がわれると――大型肉食獣の口に頭から飛び込んだような気分になる。あと少しで皮膚を食い破られ、鋭い牙《きば》でバリバリと食べられてしまう……そんな恐怖と共に、諦念が爪の先まで行き届いた。特に信仰している宗教はないが、思わず「南無三！」と無言で叫び、せめて少しでも痛くありませんようにと祈る。

「挿れるよ……少し我慢してね」

「……ぅ、ぅ――っ！」

片手で腰を支えられながら、ゆっくりと挿入された。

小さな孔は自分でもわかるほど柔軟に丸く拡がり、敏感な皮膚や肉が引き攣《つ》る。じわじわと入ってくるのが、彼のペニスのどの辺りなのか……どこが通り抜けたところなのか、それらが妙にリアルに感じられる。

「あ……ぅ、は……っ、ぁ……っ」

「――……ッ、ハ……狭いけど、やっぱり……柔らかい、ね……」

自分はウサギではなく、彼は野獣ではなく、人間の男と男が、ありえない所で繋がっている。そのリアリティが、ゲイだと断言された時の何十倍もの衝撃となってやってきて――春都は枕に突っ伏した。けれど肉の巨棒で起こされるかのように背中が反って、腰も顔もすぐに持ち上がってしまう。

「や……ぁ、っ……ぅ……っ！」

春都としては幸か不幸か微妙なところだったが、日本人離れした巨根が入ってきているにも拘らず、死にそうな痛みではなかった。奥までローションを注がれ、四指で少しずつ後孔を拡げられたのが良かったのか、入口も奥も辛うじて耐えられる痛みで済んだ。

「ひ……ぁ、ぁ……や、ゃぁ……！」

それだけに抗《あらが》えなくなる快感に、春都は嬌声を上げ続ける。

男に突っ込まれて気持ちいいなどとは絶対に認めたくないのに、否定する術がなかった。

強烈に叩きつけられる現実を、空射精でひくつく分身が物語っている。

白濁混じりの蜜《みつ》は滔々《とうとう》と溢《あふ》れ続け、腰は強請《ねだ》るように上がってしまった。

もっと深く、然るべき所を突いて欲しくて疼《うず》く体を――どうしても制御できない。

「は……っ、ぁ、ぁ……っ、ぅは……んっ」

「うん……一応挿った。今日のところは、この辺りまでで動かせて貰うね……行くよ」

「ふっ、うぁ……ぅ――……っ」

途中まで挿入した栗生が腰を前後させると、春都は手でマットを叩いてギブアップを示す。

些細な痛みよりもつらいのは快楽で――ゲイではない、絶対に違うと思いたいのに、その上、初めてでこんなに感じていいわけがないと思うのに、中が蕩《とろ》けて気が変になりそうだった。

「う、うぁ……ぁ、ぁ……そ、っ……！」

そこ、そこが凄くいい……もっと、もっとそこをズンズン突いて……と言ってしまいそうになる口ごと、枕にダイブする。男に突っ込まれてこんなに感じる部分がどうして存在するのか、人体のメカニズムを呪いながら時間の経過を待った。

「春都……っ、は……凄く、いいよ……っ」

「――やあぁ……ぅぁ……っ、ぅ――っ！」

枕を噛んで声を殺していた筈が、またしても嬌声を上げてしまう。

栗生の、素直に気持ち良さそうな声がいけなかった。

首筋に降り注ぐ息が熱くて、快感が再暴走してしまう。

唾液に濡れた白い枕カバーが頬に当たり、ひやりとした。

対照的に熱い結合部には、栗生のペニスがみっちりと納まっている。けれど彼の体その物は、臀部《でんぶ》にすら触れていない。

彼は根元を自分で握って、全部挿入してしまわないようストッパー代わりにしていた。

つまりは本当に途中までしか挿入していないわけで——そこには紛れもなく気遣いがある。

「あ……ぁ、うぁ……っ、ぁ、あ……っ！」

「春都……っ、春都……！」

名前を呼ばれると、何故かその度に浮遊感を覚えた。

惑乱の中で、この人——そんなに性格悪くもないじゃないか……などと評してしまう。

（……いや、でも……無理やりだし、絶対……絶対これ……合意じゃないから！）

春都は浅く速く息をつき、ハフハフと漏れる喘鳴《ぜんめい》の中で覚悟を決める。

これは全部酒のせい……性的に不慣れな体に起きたアクシデントであって、人生の中でどうしても避けられない強制イベントなのだと、腹を括った。

「——……んぅ、ぅ……ぅ、う——……っ！」

「……ッ、ハ……ッ！」

繰り返される抽送《ちゅうそう》の末に、春都は今度こそ本当に射精した。

そしてその直後、体内にどっぷりと熱い精を放たれる。

シーツの上にぽたりぽたりと雫が垂れて行く中で、春都は脱童貞ならぬ……処女喪失という言葉を思い浮かべていた。

《四》

目が覚めるとそこには、見知らぬ外人の寝顔があった。

よくよく見れば半分程度は日本人で、栗生秋仁に違いないのだが……髪や睫毛《まつげ》の色が朝陽のせいで金色に近く見え、日本人らしからぬ部分が強調されている。

(——……ぅ、うわ……ぁ、夢オチじゃなかった……よ……)

春都はバスローブを着込んだ姿で、同じ恰好の栗生の腕に抱かれていた。

眼鏡無しでもよく見える至近距離の寝顔は、つくづくイケメン過ぎて現実味に欠ける。

男性タレントの写真集か何かで、本当は寝ていない寝姿を眺めているような感覚だった。

昨夜は結局、記憶しているだけで三回も達かされて、同じだけ中に出され、お姫様抱っこでバスルームに連れ込まれた挙句、中の物を掻き出された。

その頃には体力的にも精神的にも限界だったので、いちいち嫌だと苦情を言う気力さえなく、完全に素面《しらふ》に戻ることだけを恐れていた。

二回目の情交が終わったあたりで喉が渇いたと訴え、冷蔵庫にあった杏のカクテルとレモンサワーを二缶注ぎ込んだので、いくらかマシな気持ちでいられたように思う。

九割以上は栗生の身勝手と、体格差による脅しのせい——残りの一割程度は酔って前後不覚だったために抵抗できなかった自分のせいにして、二度目は決してない、一夜の過ちとして片づけることに決めていた。

「——……って、え……九時……？　九時っ⁉」

春都は栗生の頭の向こうにあるデジタル時計を見て、がばりと飛び起きる。

株式会社パーシペスカの出社時間は九時からだが、フレックスタイム制なので遅れても特に問題はない。しかし今日は十時から会議があり、それに遅れるわけにはいかなかった。

「あああ……っ、家に帰ってる時間がない！　直接行けば余裕だけど、ネクタイどうしよう、ネクタイって……コンビニで売ってたかな……弔事用《ちょうじよう》だけだっけ？」

春都は完全にパニックを起こしており、大きな独り言を呟きながら眼鏡を引っ掴む。

何が何でも会議に間に合うように出社して、なおかつ男とセックスをしたという事実を隠し通さなければならない——その意識だけで、頭と体を動かしていた。

（……腰が痛い、膝も痛い、腿も脹脛《ふくらはぎ》も筋肉痛が凄い……しかもなんか二日酔いっぽい。でもそれどころじゃない、仕事だ仕事、会議だよ！　スーツはともかくネクタイだけは替えないと、先輩にあやしまれる……！）

春都は大慌てでバスローブを脱ぎ、下着や靴下を穿いてスラックスを手にする。

ベッドの栗生が起きたかどうかはあえて考えないようにして、シャツを着てベルトを通し、靴も履いた。

「おはよう、春都……色気の欠片《かけら》もない朝だね」

「――……っ！」

シャツのボタンを嵌め終えたところで、ベッドの中の栗生が起き上がる。

彼は「あふっ……」と軽く欠伸《あくび》をすると、羽毛布団を除けてスリッパに足を伸ばした。

「明け方近くまで起きてたから、いつの間にか寝落ちしたみたいだ。目覚ましをセットするの忘れてたよ。重役出勤てわけにはいかないの？　ネクタイで困ってるなら、俺のを使うといい。愉しませて貰った御礼にあげるよ」

「……っ、い、要りません……栗生さん、僕……昨夜のこと凄く怒ってますからっ」

「あんなに愉しんでおいて今更じゃない？　初めてとは思えないくらいの適正を見せておいて、まだゲイじゃないとか言いたいわけ？　それとも、俺の体はそんなにがっかりだった？」

「……ぅ」

気持ち良かったですよ……何故か物凄く気持ち良かったから嫌なんですよっ！　と叫びたい想いだった春都は、ぷいっと顔を背けてネクタイを締めようとする。

ところがクローゼットからネクタイを取り出した栗生が近づいてきて、新品同様に綺麗で上品な色柄のそれを、首元に寄せられた。

「うん、春都にも似合いそう。締めてあげるよ、ほら手を退けて」

「栗生さんっ」

「一夜限りでもいいと思ってたんだけど……もっと遊びたくなっちゃった。今週末には日本を発つ予定だったのに、もう少し延期してもいいかなって思うくらい」

「な、何を……言って……」

「昨夜みたいに遠慮せずに、もっとちゃんと抱きたいんだよ。凄く気に入ったんだ、君の体。本当にとても良かったよ。喘《あえ》ぐ声も表情も可愛かったし、朝までずっと抱き締めて眠るなんて、これまで誰にもしなかったサービスだ」

春都はベッドの横で硬直しながら、栗生の手でネクタイを締められる。

高身長の彼に上から見つめられて焦り、視線を横に流すと、セックスで乱れ切ったベッドが目に入った。その横には、ただ眠るために使ったベッドがある。ぐったりと疲れた体を、包むように抱き締められて眠るのは心地好くて——今でも彼の心音が聞こえるようだった。

「あれ……うーん、自分で締めるのと違って難しいね。あ、でも大丈夫……何とかなりそう」

呟く栗生の顔をまともに見られないまま、春都は複雑な想いに駆られる。

酷いことをされたような、されていないような……この曖昧《あいまい》な一夜を酒の上の過ちとして、完全に忘れ去ってしまいたかった。でも、また会ってこういうことがしたいと言われることに、悪い気はしない。愉しめなかったとか、つまらなかったと言われたら、きっと物凄く傷ついてしまう気がしている。かといって、決して良い気分でもない。結局のところ栗生は遊び相手を求めているのであって、ゲイであること以前に自分とは感覚の違う人だと痛感した。

「――……ネクタイ、お借り……いえ、本当にいただいてしまいます。もう二度とお会いすることはありませんから、返せません。ホテル代の半分と、あとネクタイ代……多めでいいので教えてください。今ここで支払います」

春都は栗生に背を向けるなり、上着を引っ摑む。

いくら快楽に溺《おぼ》れた一夜を明かしても、どんなに栗生の見た目が優れていても、実害のあるゲイの男と再び会う気にはなれなかった。

「ちょっと待ってよ、酷いな……かなり丁寧にしたつもりだったのに、そんなに怒らなくてもいいじゃないか。それともあれかな、プライド高めな婚活女子みたいに――あなたとは運命を感じました。結婚を前提に真面目なお付き合いをしてください……とでも言わないと、ご機嫌斜めになっちゃうタイプなわけ？　悪いけどそこまで言う気はないよ、嘘でもね」

言うなりクスッと嗤《わら》われて、春都の怒りのボルテージは一気に上がる。

やっぱりこの人、性格最悪だ！　と思うと、少しばかり胸に残っていた甘い引っかかりも、綺麗さっぱり吹き飛ぶようだった。

「違いますっ、酷いのはどっちですか！　僕はああいう行為に不慣れなので、酔って流されてあんなことになっちゃいましたけど、半分以上覚えてませんから！　多少覚えてることも全部すぐに忘れるしっ、栗生さんとは二度とお会いしません！」

春都は時間を気にしながら財布と名刺入れを出すと、入っていた万札を全部引っ摑む。

バーでの支払いには万札を使っていないので、十万は残っていると記憶していた。

ネクタイの価格も、ホテル代の半分の料金も、口にしそうにない栗生に文句を言わせぬよう、十万揃えてドレッサーの上に置く。そしてそこに、名刺入れから出した栗生の名刺をバンッと音を立てて重ねた。

「ホテル代の半分とネクタイ代、これで足りなかったらすみません。持ってると訴えたくなっちゃうかも知れないので名刺はお返しします、僕のも破って捨ててください。さようなら！」

春都は怒鳴るなり踵《きびす》を返し、足早に扉に向かう。

仕事に関することは別として、これまで人から大人しいと言われ続け、オンライン上ですら喧嘩に近いことはしてこなかった春都は、自分自身の行動に一番驚いていた。けれどとにかく栗生の言葉や態度に腹が立ち、男に抱かれて三回も達かされた自分にも腹が立って——昨夜のすべてをぶち壊さずにはいられなかった。

春都はホテルの一階にあったオーガニック系の雑貨屋で、タオルと洗顔料と歯磨きセットを購入し、コンビニで買う以上に割高だったそれらを持って、ホテルのトイレで洗面を済ませる。

栗生の部屋を出る直前に「春都！」と呼ばれ——それが耳の奥にやけに残っていたが、顔をジャバジャバと乱暴に洗うことで振り切ろうとした。

勝手に名前を呼ぶなよ！　とも思い、バスローブ姿じゃ追ってこられないだろザマァ見ろ！　とも思い、おそらく多めの金額である十万円を置いてきたことで、清々している部分もある。

それなのに、顔を洗っても洗っても目の奥から熱いものが溢れ出てきて、いつまで経ってもタオルを使う段階に進めなかった。

（——……泣くな、泣くな馬鹿……男に騙されて掘られて、泣いてんじゃない！　世の中にはこういう怖いこともあるっていう、授業料だ……今後はもっと気を付けて生きていけばいい。これからはちゃんと信用できる人としか飲まないし、どんな理由を付けられても二人切りにはならない。男も女もだ！）

しばらく婚活は休止して仕事に集中、栗生のことは名前すらも忘れてみせようと誓いを立てた春都は、鏡を睨みながらようやく顔を拭く。

何度押し当てても目の周りだけは乾かず、それを新品のタオルのせいにした。

吸水力が悪いからだ……と言い聞かせ、目元に強く当て続ける。

「――……っ……ぅ、っ……」

初めて会ったのは真夏のパーティー……栗色の髪が目立っていて、ハーフかな？　と思ってじっと見たのが始まりだった。視線を感じて振り返ったらしい彼は、女性が相手でもないのに、分け隔てなく朗らかに笑って――感じのいい、綺麗な目をした人だと思った。

（……愛想良くしてたのは我慢タイムだったからで、分け隔てがないのは当然だ……男の方が好きなんだから！　僕はただ普通に、カッコイイ人が居るなぁって、普通に……ごく一般的に思っただけで……好きだの……ましてや抱いて欲しいだなんて思うわけないのにっ！　とんでもない勘違い野郎だよ！　ほんと、自意識過剰なんだよ、あのナルシスト……ッ！）

春都は目の前の鏡が曇るほど息をつき、深呼吸を繰り返す。

払い除けようとすればするだけ浮き上がる栗生の姿は、眩しいような笑顔ばかりだった。夜景と共にガラスに映り込んでいた姿も、濡れ髪を拭くバスローブ姿も、バスルームで見た全裸も――そして唇の感触も、「春都……」と耳元で囁く甘い声も、何一つ消えてくれない。

「……っ、ぅ……泣くな……泣くな馬鹿……っ、会社……行って……仕事、するんだ……っ」

春都はタオルでぎゅっと瞼を押さえ、涙を閉じ込めてから眼鏡を掛ける。

睡眠不足もあって目が真っ赤になっていたが、歯を食い縛って仕事モードに切り替えた。

《五》

錦糸町から表参道《おもてさんどう》までは東京メトロ半蔵門線《はんぞうもんせん》で三十分と掛からないが、移動時間や待ち時間、何よりも洗顔と涙止めに掛かった時間のせいで、出社したのは会議の五分前だった。

オンラインゲーム界に進出して一躍トップを争う立場となったパーシペスカは、社長の柿本冬彦の実家が所有するビル内にある。表参道ヒルズも近く、多くのサラリーマンやOLが憧れるような、瀟洒《しょうしゃ》なビルの最上階を占めていた。

「桃木っ、お前いったい何やってたんだ！　今から電話しようと思ったんだぞ！」

完全個室の社長室に飛び込んだ春都は、「遅くなってすみません」と言う前に怒鳴られる。

大学の先輩でもある柿本は、窓際に立ったまま本当に携帯を手にしていた。

表参道にビルと邸宅を持つ裕福な家の御曹司で、しかも『超』と頭に付けたくなるようなイケメンだが、栗生とは違って純日本人といったカラーの持ち主である。

髪も瞳も黒く、美形だが派手なタイプではない。切れ長の一重が凛々《りり》しい印象を醸し出しており、もしも俳優だったら時代劇の二枚目役が似合いそうだった。

「遅くなってすみません、会議の準備はできてますから大丈夫ですっ」

「――……お前、どうしたんだそのネクタイ」

柿本は怒る時は怒るが切り替えの早いタイプで、いきなり火が消えたように涼しげな口調になっている。十三帖ほどある社長室の中をカツカツと歩くと、入口付近に佇《たたず》む春都のすぐ傍にやってきて、肩を掴むなり頭に鼻を近づけた。

「お前らしくないヴィトンのネクタイ、昨日と同じスーツとシャツ、そのくせ髪は洗ってある。だがお前の使ってるシャンプーの匂いじゃない。何だこれは、どういうことだ?」

「せ、先輩……やめてください、頭の匂い嗅《か》ぐとか変態ですかっ」

「お前まさか、昨日のパーティーで変な女に引っかかって食われたんじゃないだろうな⁉」

長身の柿本に迫られて、春都はびくりと身を震わせる。

変な女に食われかけ、助けてくれた男に完食されたとはとても言えず、視線を明後日の方に向けて言葉を探した。

「本当にそうなのか⁉　だからあれほど言ったんだ、お前みたいな高収入の草食系男子は案外モテるんだぞ。まさか童貞を奪われた挙句に中出しさせられて、責任取れとか言われたんじゃないだろうな⁉」

「朝から童貞とか中出しとか言わないでください……社員に聞こえたらどうするんですかっ」

春都は肩を掴まれて揺さぶられながら、中出ししたんじゃなくてされたんだよ……と思っている自分にげんなりして、泣き出しそうになるのを堪える。

柿本がここまで女を警戒するには理由があり、イケメン御曹司な彼は中学時代からすでに、女達に罠を仕掛けられまくっていた。酔った勢いでコンドームを着けずに抱いた相手が妊娠し、腹を括って入籍寸前まで行ったものの、生まれた子供の血液型がありえなかった——などなど、結婚や認知を迫られた事件は枚挙に遑《いとま》がない。二十八歳にして、専門機関に親子鑑定を二度も依頼したことがある男など、そうはいない筈だった。

しかし幸いにして決定的な失敗はしておらず、今のところ独身。子供は一人もおらず、無論堕胎を迫るような真似もしたことがない、辛うじてクリーンな身の上である。

「桃木、どうなんだ⁉　話を付けるなら早い方がいい。そっち系のことは俺に任せろっ」

「別に、何でもないですよ！　食われてなんていないです……むしろ僕が誘って食っちゃったくらいの勢いですよ！　僕だって男ですから、やる時はやるんです！」

「ほ、本気で……やった……のか？　おい、嘘だろ……相手はどんな女だっ⁉」

「そこまで疑うのも失礼ですよ先輩、僕を何だと思ってるんですか？　相手は……相手はその、ハーフの美人で……それはそれはもう、誰もが振り返るような物凄い美人でセクシーな人で、このネクタイをプレゼントしてくれました。はい、この話は終了。会議の時間ですっ」

「桃木！」

春都は柿本の手を振り払うと、社長室の扉を開ける。

高めのパーティションで一デスクごとに仕切られたオフィスには殆ど人気《ひとけ》がなかったが、社長室と対角線上の位置にある会議室は賑わっていた。

契約社員やアルバイトを除く正社員三十余名のうち、新作ゲーム『スプティ』チームに属す十二名の社員と役員二名で開かれた会議は、主に開発の進行具合を報告する内容だった。

ゲームの根幹となるSNSや、ガチャによるアイテム販売のシステムはすでに完成しており、主体となるゲーム内に存在するミニゲームも、一部外注という形で続々と作られている。

ベータ版の進行具合は順調で、BGMや効果音、有名声優によるボイスの収録なども済んでいた。巨大な街に見立てた世界が一つの物へと構築されつつあるのだが——大問題は、肝心のアバターやアイテムが、未だに暫定画像で稼働していることにある。

「メインとなるイラストレーターの候補だが、桃木が推している新人作家はもう無理だ。依頼回数が五回を越えて、とうとう返事も来なくなった。似た傾向のイラストレーターの名前を、一人につき最低一名——本日中に作品画像と共に挙げてくれ。知名度が高い方がいいが、実力さえあれば無名でも構わない。プロなら作品を、サイト持ちならURLを、イラスト系SNSのアカウントだけでもいい。午後七時に締め切って、今夜中に依頼順序を決めて動き出す」

「え……っ、ちょっと待ってください！　千夏《ちなつ》先生の返事待ちの状態なんですよ、他の作家に依頼を掛けられては困ります。スプティのメインイラストレーターの選定は僕の役目です！」

「すでに四回も断られてるんだ、いい加減に諦めろ。携帯番号すら教えて貰えず、メールしか連絡手段がない。それもフリーメールだぞ。お前はいつまでこのゲームをのっぺらぼうのまま動かす気なんだ？　スタッフのモチベーションが下がってるのがわからないのか？」

「社長……っ」

「そのイラストレーターへの思い入れを、ここでまた語り出すなよ。お前がどう考えてるかは、これまでに十分過ぎるほど聞いた。チームの皆もそれをわかってるから耐えてきたんだ。だが、描いて貰えないものはどうしようもない。近い絵の作家を見つけるんだ」

柿本は隣の席に座る春都に言うなり、「会議は以上だ」と全体に向けて言い渡す。

社員達は春都の方をちらりと見て、気の毒そうな顔をしながらも会議室を出て行った。

柿本に食い下がりたい春都だったが、正直もう……どう説得すれば良いのかわからない。

彼の言葉通り、これまでにも何度も何度もメインイラストレーターの重要性と、自分がある雑誌で見つけた千夏という名の作家に対する想いを口にしてきた。時には会議室で、スプティチーム全員に向かって、時には社長室や柿本の自宅で、彼に向かって——言いたいことは全部言ってきたので、これ以上何も出てこない。

「お前の言い分はわかってる。できるだけ近い絵の作家を選ぼう」

柿本は春都の背中をポンと叩くと、会議室をあとにする。

頼もしい背中は決して冷たくはなく、春都は自分のこだわりはすでに我儘《わがまま》の領域なのだろうかと、独り思い悩んだ。

そもそも、社内にも専属のイラストレーターはいる。これまでに空前の大ヒットを記録したヴァンピールハンターやルナティックブラッドのメインイラストレーターは、八頭身以上あるキャラクターをリアルなタッチで描くので、アバター向きではない。そのために候補から外しても角は立たないのだが、両ゲームでサブを務めているイラストレーターの中には、アバター向けのイラストを描ける人間が数人いた。当然ながら、彼らの多くはスプティのメインイラストレーターになることを望んでいる。外部から新たに——それも特に有名というわけでもない新人作家を引っ張ってくるのは、チームワーク上は好ましくなかった。

（——僕のこだわり、これまでの二作での直観……それを皆……信じてくれた。だから自由にやらせてくれたけど、でも……描いて貰えないものはどうしようもない……）

春都は社長室の隣にあるサーバールームに向かい、別名副社長室でもあるその部屋で、黒いガラスのデスクに着く。常にサーバーの稼働音がするため敬遠される部屋だったが、春都にはもっとも落ち着く空間だった。

「千夏先生と……せめて直接会って話せたら……」

サーバーではなく個人使用のパソコンの電源を入れた春都は、パスワードを打ち込みながら資料棚に手を伸ばす。ゲーム雑誌はもちろん、自社製品の副次商品であるマニュアル本やイラスト集、フィギュアが所狭しと置かれている中に、三冊だけ異質な雑誌があった。

それらは『レティシア』という女性雑誌の三月号から五月号で、三号連続の企画ページに付箋が貼られている。レティシアはアラサー世代を対象とした、高級過ぎずチープでもない、ある意味等身大の雑誌で、平均的な収入の女性が好みそうな、大人可愛いもので溢れていた。

(——うん、やっぱりこれだよ……似てるとかじゃ駄目だ……千夏先生の絵がいいんだよ!)

春都が開いたのは、こういった女性誌には珍しい宗教関係の企画ページだった。

世界的ベストセラーである聖書を、手に取ったことすらない日本人女性に向けて「最低限これだけは知っておいて、知的な女性になりましょう」と呼びかけている企画で、宗教色は控えめに、聖書の概要や人物相関図、一部の福音をイラスト満載で紹介している。

キリストを始め、弟子達も三頭身程度にデフォルメされたキャラクターとして描かれており、その取っつきやすさと可愛らしさは、何度見ても顔が綻《ほころ》ぶものだった。

(スプティはこれまでの作品とは違う。今までは元々ゲーマーのオタクを相手にしていたから、クオリティの高いCGが求められたけど……アバターコミュニケーションゲームの成功は一般人をどれだけ引き寄せられるかに懸かってる。オタク臭いと思われたら絶対に駄目なんだ)

春都は会社の休憩室で、この雑誌の記事を女子社員が見ていたのを目撃してから——千夏というイラストレーターを捜し続けていた。けれど他に仕事はしていないようでどうしても見つからず、レティシアの編集部を訪問して頼み込み、本人の了解を得てから数週間後、ようやくメールアドレスを入手したのである。

しかし交渉は上手くいかなかった。千夏は春都がどんなに真剣に依頼を掛けてもまったく歩み寄らず、定型のような文章できっぱりと断ってくる。

その度に春都は地獄に落とされた気分になって、この雑誌に深い溜息を落としてきた。

（腐女子の女子社員やゲーヲタの僕が見ても、凄く萌えて可愛い、あっさりなのに個性ある絵。それでいてオタクっぽくはなく、大人子供や男女の区別なしに一般受けする、絶妙なバランス感覚が素晴らしい。他社のアバターゲームは、オタク向けか一般向けのどちらかに偏ってるから中途半端なヒットしかしてないんだ。万人受けする可愛さは、どこの会社も手に入れてない。スプティをどちらにも受ける大ヒット作にするためには、この人の絵が必要不可欠なんだ！）

春都はどうしようもない苛立《いらだ》ちをキーボードに向け、日課通りにメーラーを開いた。

すると自動的に送受信が開始され、目の前に未読メールが次々と積み上げられていく。

そこにあった名前に春都は一瞬固まり——キーを叩いた一分後、「先輩!!」と叫んでいた。

《六》

パーシペスカが社運を賭けて挑む、新アバターコミュニケーションゲーム、『スプティ』のメインイラストレーター候補である千夏からメールを受け、春都は柿本と共に表参道ヒルズのチョコレート専門店に向かった。

昼前に届いたメールには、仕事を請けるとも断るとも書かれてはいなかったが、これまでのテンプレートメールとはまるで異なり、『ご都合がよろしければ、本日午後四時に、表参道でお会いしましょう。適当な店を指定してください』と書いてあった。

少ない女子社員を直ちに集めて場所を検討した結果、「レティシアの仕事をしてるんだから、たぶんお洒落な人ですよね。とりあえず高い店がいいと思います」「初めて会うわけだから、わかりやすいようヒルズ内がいいんじゃないですか?」「当日の四時を指定してくるあたり、かなり自分勝手な人ですよね」「でも表参道を指定してくるんだから、そちらの近場まで行きますよってことでしょ?」「四時指定なのも、食事をご馳走になる気はない、お茶でいいですよってことかも知れないですよ」「いずれにしても相当な自信家っぽいよね」「そうかな、実は凄く気を使ってるのかもよ」といった会話が嵐のような勢いで流れ、店も即座に決まった。

春都は当然として、柿本も当たり前のように同行し、会社から徒歩四分と掛からない表参道ヒルズの、三階のカフェで千夏を待つ。バカラのショコラ色のシャンデリアが目を惹く店内の一番静かな席で、二人並んで下座に座って待機した。

「ああ……先輩……っ、じゃない、社長……どうしましょう、心臓が破裂しそうです」

「お前、そんなことより昨夜の話はどういうことなんだ？　本当に童貞捨てたのか？」

「そんなことよりってなんですか⁉　今は下の話なんかしてる場合じゃないでしょ。先輩ってお坊ちゃま育ちなのに時々そうやって下品なこと言うんだから。これから来るのは、お洒落な女性誌にイラスト描いてた作家さんなんですよ。先輩にはイケメンらしく振舞って貰わないと困ります。嘘みたいに高いチョコレートと先輩のイケメン面で気分良くなって貰ったところで、僕が思いの丈をぶつけますから、絶対失礼のないよう上手くやってくださいねっ」

「おいおい、誰に向かって口を利いてるんだ？　女の扱いでお前にとやかく言われる日が来るとは思わなかったぞ。童貞捨てた途端に一人前気取りか、こら」

「ちょっともうっ、ふざけないでくださいってば！」

千夏に見せるスプティの資料を確認している春都を余所に、柿本は昨夜のことが気になって仕方ない様子を見せる。会社を出た時からその話ばかりで、らしくないような、らしいような、どちらともいえる柿本の態度に、春都はいい加減腹を立てていた。

（——ただでさえ腰が……っていうか、あそこが痛くて気になるのに、思い出させるなっ）

千夏からのメールで舞い上がってから、約四時間――天にも昇るような心地でありながらも、少し身動きする度に筋肉痛を感じ、昨夜繋がった箇所を意識させられた。特に切れたり出血したりはしていなかったが、それでも痛みや違和感はあり、背後に栗生の体がへばりついているような……妙な感覚に襲われることさえあった。

「！」

柿本と一緒に資料を開いていると、背後に人の気配がする。同時に足音も聞こえてきた。

店の中からはヒルズ内の傾斜した通路が見えるので、それらしき女性が近づいてきた時には気を張るようにしていたのだが――見落としただろうかと、慌てて振り返る。

この時間は比較的空いており、店の前を通ったのは、家族連れとスーツ姿の男性だけだったような気がしていた。

「どうもこんにちは、千夏です。初めまして」

「……え、っ……え……？」

春都は柿本と共に振り返ったままの姿勢で――予想よりも遥かに高い位置にあるその人物の顔を見上げる。

千夏というペンネームと、可愛いイラストからして女性イラストレーターだと信じて疑わなかった二人の前に現れたのは、一九〇センチに迫る長身の男だった。

（――……栗生さん……っ、何で⁉　何でっ⁉）

驚愕《きょうがく》のあまり声が出ず、即座に立って挨拶をするというマナーも守れなかった春都は、ただ呆然と彼の顔を見上げ続ける。

目の前に居るのは昨夜ベッドを共にした栗生秋仁――その人に間違いなく、春都の仕事上の想い人の名である「千夏」と名乗った声は、紛れもなく彼のものだった。

この信じられない悪夢のような現実を、春都の脳は処理できず、体ごとショートしてしまう。椅子に座って身を捻ったままの姿勢で、視線すらろくに動かせなくなっていた。

「桃木」

すでに立ち上がっている柿本に促され、春都はようやく自分のマナー違反に気づく。慌てて立つと、思わず「うっ」と呻《うめ》くほど腰に響いて、後孔の辺りがぴりぴりと痛んだ。

「初めまして、株式会社パーシペスカの代表取締役をしております、柿本と申します。本日はご足労いただきありがとうございました。お会いできて大変光栄です」

「副社長の桃木ですっ……は、初めまして……千夏、先生……」

「本名は栗生秋仁といいます。千夏というペンネームは勝手に付けられたもので、使い慣れていません。本名で呼んでください」

お見合いパーティーの時とは違い、栗生は笑顔をまったく見せない。

ただ淡々と挨拶と名刺を交わし終えると、柿本に勧められるまま座ってメニューを開き、甘いチョコレート系の飲み物や食べ物には目もくれず、シャンパンのシャーベットを選択した。

彼に合わせて同じ物を注文した柿本と春都は、正面に座る栗生をじっと見据える。

春都は衝撃のあまり心音が邪魔して聴覚がおかしくなっており、周囲の音が何も聞こえずに、気分だけが急速に悪くなっていった。両手で摑んだままの名刺は特殊紙を使ったハイセンスな物で、同じ物を十万円と一緒に突っ返した今朝の記憶が、まざまざと蘇《よみがえ》ってくる。

「桃木？」

「……ぁ、す……すみませ……っ、緊張して……」

「――……千夏先生、申し訳ありません。失礼ですが女性だと思い込んでいたもので、担当の桃木が酷く驚いているようです。挙動不審になっていますが、貴方《あなた》の大ファンなんですよ」

「女性誌ですしペンネームもあれだし、絵柄的にも間違えるのは当然でしょう」

「お名刺を拝見するとフリーのデザイナーさんとのことですが、イラストレーターのお仕事は他にはなさっていないのですか？　レティシアの企画のイラストは、実に魅力的でした」

「していませんし、今後する気もありません。あれはレティシアの編集長をしている身内に頼まれて、仕方なく描いたものです。それなのに妙にウケてしまって問い合わせが多く来まして、面倒なので捨てアドを取って教えました。そしたら依頼が来るようになったので、時々開いてろくに読まずにテンプレメールでお断りを。だから桃木さんからの情熱的な依頼文も、一度も読んでなかったんですよね。お名前すら目に入ってなかったんです——今朝までは」

「！」

自信家を越えて失礼な台詞を平然と吐く栗生の顔を、春都は声も出せずに凝視し続ける。

もう二度と会わないつもりで名刺を突っ返し、さようならと言ってから——栗生がメールを送ってくるまでには二時間少々しかない。おそらく社名だけは記憶の片隅にあったのであろう彼が、思い立ってメールを読み直してから返信してくるに至ったのは、どういう心境の変化なのか——知りたくて、でも怖くて聞きたくない心持だった。

「イラストのお仕事を続ける気はなかったとのことですが、うちの桃木の依頼メールを読んで、前向きに考えていただけたということでしょうか？」

「いいえ、そういうわけではありません。四回もテンプレメールで拒否してしまって、これはちょっと悪かったなぁと反省したものですから、直接会ってお断りしようかと思いまして」

「……えっ」

ようやく少し笑った栗生の表情が、悪魔のように見えてきて——春都は背筋に寒気を覚える。

そんな時に運ばれきたのは、ほっそりとしたグラスに入れられたシャンパンのシャーベットで、固い空気に似合わぬ芳醇《ほうじゅん》な香りが漂った。

「いただきます。これ美味しいんですよね、グラスの形状的に食べ難いけど。好きな店です」

「そ、それは良かったです。しかし、せっかくこうして直接お会いできたんですし、少しでも前向きに考えていただけないでしょうか？　桃木は今でこそ緊張してこんなですが、メールの通り……いえ、それ以上に貴方のイラストに心酔しています」

「柿本さんはさっきから、桃木さんが俺のイラストを……って言ってますけど、ご自分はどうなんですか？　桃木さんが気に入ってるから、希望通りにしてあげたいだけなんですか？」

「いいえ、そのようなことはありません。申し訳ありません、言い方が不適切でしたね。私も当然ながら千夏先生のイラストに一目惚れした人間です。社運を賭けたアバターコミュニケーションゲームのメインイラストレーターとして、是非ご活躍いただきたいと思っております」

柿本は真摯な態度で語るものの、実際にはかなり腹を立てていた。

本来はイラストレーターに対してここまで遜《へりくだ》るタイプではなく、それが機嫌の悪さの表れであることを、春都は横で感じ取る。

腹を立てていることを覆い隠すために、やけに丁寧になっているのであって、それはいつかぷっつりと切れて「もう結構です」の一言に繋がりかねなかった。

「あの、すみません……千夏先生にお会いできて嬉しくて……感激のあまり固まってしまって失礼しました。お忙しいところ、お越しいただき本当にありがとうございます」

「本名で呼んで貰えます？　千夏って実は姉の名前なので、気持ち悪くて」

「すみません……栗生さん……」

春都は栗生の視線に射抜かれながら、手にしたままの名刺をテーブルの上に置く。

そして視線から逃れるように俯くと、名刺を見下ろして覚悟を決めた。

もう二度と会いたくない相手だった彼は、どうしても会いたかったイラストレーターと同一人物だった――それは結局、プライベートを取るか仕事を取るかという選択にもなり、当然、仕事を取るべきだとわかっている。イラストレーターの千夏と、新作ゲームスプティに賭ける情熱は、個人的な事情など無関係に激しいものだった。

「栗生さん、イラストのお仕事には興味がないかと思いますが……貴方のイラストは我が社のゲームの成功に必要不可欠なものなんです。背景資料などをお持ちしたので、イメージ画像を見ていただけないでしょうか？」

春都は返事を待たずに、用意していたファイルを開いて栗生に向ける。

彼はソファーシート側に一人で座っているので、横には資料を置くだけのスペースが十分にあり、次々と背景画像を見せることができた。

「ご覧いただいている通り、タイトルと同じ名前の架空の街の世界観はすでにここまでできています。あとは肝心のアバター素材と、衣装関連のアイテムだけなんです。ユーザーが独自にキャラクターを作り上げるための素材は——一般人の男女が見て可愛いと感じ、オタクっぽく見えないものを求めています。なおかつゲーム慣れしているオタク層が見ても、萌えを感じる可愛さが必要なんです。その両方の魅力を兼ね備え、描き込み過ぎず、ある程度淡白でありながらも個性のあるイラストを求めていました。さらに各種アイテムには、流行を意識した新鮮なデザインが必要になります。デザイナーが本職であり、ご自身も洗練されている栗生さんに、是非お引き受け願いたいんです」

春都はファイルを押さえながら、シャーベットを食べている栗生を上目遣いに見つめる。気合を入れて一気に喋ったために息苦しかったが、呼吸を止めてひたすら見つめ続けた。

「イラストの仕事をする気はなかったし、本職もしばらく休んで海外に行く予定だったんですよね。でも桃木さんがそこまで熱望してくれるなら、条件次第では描いてもいいですよ」

「……っ、もちろんできる限りのことはさせていただきますっ、なんでも仰ってください」

「条件とは、具体的にどのようなことですか？」

理想重視で予算的な問題は考えないところがある春都を余所に、柿本が透かさず割って入る。

栗生はそんな二人を交互に見てから、「とりあえずシャーベット食べません？　溶け始めてますよ」と言って、無表情に限りなく近い微苦笑を浮かべた。

仕方なく黙々とシャーベットを食べた春都は、緊張しながらもその味にハッとする。

青々としたミントの葉で飾られたシャンパンシャーベットは、冷気が漂っていたうちは白っぽく、徐々に金色になっていき、心地好く酔えそうな味と香りだった。

（——……さすがサービス料込み三千円のシャーベット……カフェ価格じゃないよ、もう）

春都はこれを食べ終わらないと交渉を進めて貰えないのだと思い、長いスプーンを駆使してカツカツと先を急ぐ。横では柿本も、気乗りしない様子ながら食べ続けていた。

「さて条件ですが、休暇を取りたいので三ヶ月後から……というのはまず無理でしょうから、そこは妥協しましょう。他の条件を呑んでいただけるなら、明日から描いても構いません」

「あ、ありがとうございますっ」

「条件としては、拘束期間は三ヶ月以内にすること。その後、必要に応じて単発の仕事を請けられるようなら請けますが——本業に戻りますので確たる約束はできません。初めのうちは、自宅勤務では進行に支障が出るでしょうから、そちらに出社して作業しても構いませんが——誰も勝手に入ってこられない完全個室を用意してください。作業中に話しかけられるのは耐えられないので、指示や打ち合わせをしたい場合は、メールかメッセで事前に了解を取ること。なおかつ、俺と直接打ち合わせをするのは桃木さんに限らせていただきたい。多くの人とやり取りをするのは苦手でしてね、たとえどんなに些細なことでも、必ず桃木さん経由でお願いします。報酬に関しては、御社が外に依頼する場合の規定価格で結構です」

抑揚のない喋り方で流れるように語った栗生の言葉に、春都はもちろん、柿本も言葉を失う。

金銭面ではなく、こんなにも環境面を要求してくるイラストレーターは珍しい上に、春都は見た目や年齢はともかく、パーシペスカの副社長である。スカウトにこそ力を入れていたが、実際に作業に入れば、イラストレーターと密にやり取りをする立場ではなかった。

「栗生さん、桃木がお声を掛けたので……お気に召していただけているようで何よりですが、桃木は副社長としてゲーム全体を監督しながら、SEとして集中力の必要な仕事をしています。アバターアイテムの作画に関しましては、桃木よりも市場のニーズを捉えている女性担当者がおりますので、改めてご紹介させていただけないでしょうか？　専用個室などに関しましては、ご希望通りに致します。しかし、打ち合わせや会議には出ていただかなければ困りますね……やはり一つの作品を作り上げていく以上、チームワークは重要になりますので」

冷静に返す柿本は、すでに拒絶的な空気を匂わせていた。

元々、春都とは違ってイラストレーター様々とは思っていないタイプであり、特に知名度が高いわけでもない新人作家の栗生の態度に、堪忍袋の緒が切れかけている。

「そうですか……少しはやる気になったんですが、残念ですね。チームワークとか苦手ですし、女性担当者とか面倒なんですよね、おはようの挨拶もしたくないくらいなんで。やっぱり俺にゲームの仕事は無理ですよ、お断りさせていただき……」

「僕が担当します！　栗生さんのご希望通りで構いませんっ！　会議も打ち合わせも出なくていいですっ、僕が担当してサポートします！　とにかく描いてください、貴方の絵じゃないと、あのゲームはっ、違うゲームになってしまうんです！　お願いします、お願いしますっ！」

春都は五回目の断りを口にされる前に、席を立って深々と頭を下げた。

栗生が完全個室で自分に何をしようとしているか、それを少しも考えなかったわけではない。ほんの数時間前まで彼の腕に抱かれて眠り、そのさらに数時間前にはセックスまでした。酔ったままシャワーも浴びて、後孔の中の精液を……今、華奢《きゃしゃ》なスプーンを握っている指で掻き出されたことも覚えている。

（……また、遊びたいって言われた……それでこういう展開なら、たぶんまた……）

春都は頭を下げたままの姿勢で、こめかみに冷たい汗を伝わせた。

イラストレーターとしての彼に求められたら、拒めなくなることは承知の上で、改めてもう一度、「お願いします」と口にする。たとえばそれがセクハラだろうと売春同然になろうと何であろうと、どうしてもどうしても、彼の絵が欲しかった。

「――俺は反対だ。桃木、俺達はもうサークルの仲間内だけでゲームを作ってるわけじゃない。外部の新人を使うだけでも波乱が起きそうなところに、挨拶もしたくないなどという非常識な輩を入れるわけにはいかない」

「先輩……っ、ちょっと待ってください！　そんなっ、そんな……」

春都の哀願を余所に、柿本は無情に席を立ってしまう。

すらりと背の高い柿本に見下ろされた春都は、天に見放されたような想いで——へにゃりと身を折り、椅子の上に座り込んでしまった。

「栗生さん、ご足労いただいたのに申し訳ありませんが、この話はなかったことに」

柿本は正面の栗生に向かって言い渡すと、明細を摑んで踵を返す。

身勝手で無礼な栗生だけではなく、独断で突っ走った春都に対しても怒っているのが明らかだった。支払いを済ませるなり、振り返りもせずに店を出て行ってしまう。

「ふーん、副社長が熱いから社長は冷静なタイプなのかと思ったら、むしろもっと熱いんだね。あれで大丈夫なの？　オタク業界ってそういうところ？」

「——……いいえ、社長は……普段はもっと冷静です。栗生さんが酷過ぎるんですよ……」

「追いかけて行かなくていいの？」

「いいんです……だってまだ、話は終わってませんから」

春都は柿本に何と言われようと栗生の絵を諦められず、手元の資料の中から罫線の入っていない白紙を取り出す。春から秋までずっと想い続けていた人が、目の前に居るということ——それを改めて感じながら、ボールペンと白紙を栗生の方へと滑らせた。

「栗生さん、本当に栗生さんが千夏先生なんですか？」

「そうだよ、何？　証明してみせろって？」

「ファン心理でもあるんです、何でもいいので……何か描いていただけないでしょうか？」

春都は確認の意味合いよりもファン心理が強いことを、自分の心音で自覚する。

二月に発売されたレティシア三月号を見てから、ずっと焦がれていたイラストレーターが、栗生で新作を描いてくれるという状況に、冷や汗も蒸発してしまったようだった。

「いいよ、何がいい？　レティシアで描いたみたいなやつ？」

「はい、あのテイストで三頭身キャラをお願いします。できれば……そうですね、このお店の店員さんを描いてみて貰えますか？　ゲーム内で予定している大型企画の一つに、カフェ物があるんです。ミニゲームと、衣装やインテリアのガチャが連動したものになる予定です」

「はいはい、三頭身のカフェ店員ね……女の子でいいかな？」

栗生は白い紙の端を押さえると、他のテーブルにチョコレートドリンクを運ぶ店員をしばし眺める。そして紙に目を向けるなり、ボールペンでさらさらと絵を描き始めた。

「一般受けして、誰が見ても可愛いって……こんな感じ？　オタク目線ではどう？」

真逆から見ている上に、栗生自身の手が邪魔してあまり見えなかった春都は、差し出された紙を受け取る。もちろん恭《うやうや》しく受け取り、緊張しながら刮目《かつもく》した。

「か……可愛い……っ、物凄く……物凄く可愛いです！　激萌えですっ!!」

目の前に座っているハーフでクールなモデル系イケメンの手から、何故こんなにも愛らしいものが生まれてくるのかと——天に向かって大声で問い質したい気持ちだった。それほどに、彼の描くキャラクターは可愛らしい。白い紙に何の変哲もないボールペンで描かれたとは思えないほど生気のあるキャラクターが、ミニゲーム内で動き出す様子がありありと想像できた。

「栗生さん……本物、だったんですね……僕が一目惚れしたイラストを、貴方が……っ」

「疑ってたの？」

「いえ……疑ってはいませんけど、改めて感動してます。あの……っ、今朝は名刺を突っ返したりしてすみませんでした。あ、でも……それはやっぱり謝ることじゃないような気も……」

「どっちなの？」

「謝る必要はないけど……でもちょっと、やり過ぎたかなという気がしないでもないです」

春都は自分を騙してセックスを強要してきた栗生と、心酔しているイラストレーターの彼の間で心を揺らし——どちらにしても今朝の別れ方は酷過ぎたような気がし始めていた。それが栗生＝千夏だったからそう思うのか、それとも実際にこうして再会したことで感じる想いなのか、自分でもよくわからない。

「振られるなんて人生初めての経験だったから、思わずこうして追いかけちゃったよ」

栗生は自嘲気味に嗤うと、スーツの胸元を探る。

そこから出てきたのは封筒で、春都が手にするイラストの上に、するりと置かれた。

「シンデレラのように慌しく去って行くのは結構だけど、こんな物を残されるのは堪らないね。ホテル代を貰う理由なんてないし、ネクタイはあげたかったんだ。俺の物を身に着ける君を、見てみたかったから」

「栗生さん……」

「俺は君を気に入ったんだよ。見た目が好みだから狙ってたわけだけど、エッチしてますます欲しくなったんだ。それなのに思いっ切り振られて、結構ショックだったな……」

春都は封筒の中が十万円であることを察して、困惑しながら俯く。

朝は随分と感情的になってしまったが、思い返せば元々助けて貰った上に、酷く乱暴されたわけでもなく、それなりに誠意は感じられた。男同士なのは問題としても、大人の割り切った一夜と考えられない自分の堅さで彼を不快にさせたのは、良くなかったように思う。

「――……わかりました、これは……受け取ります。でも謝りませんからね。合意だなんて、認めてませんし……それに仕事のこととはやっぱり別の話ですから」

「昨日のことは終わったことだし、仕事と別の話にしたければそれでもいいよ。でも、お触り厳禁なんて言うなら絵の仕事は請けない。騙す必要もないから、それは先に言っておく」

「……っ、栗生さん」

春都は昂然《こうぜん》とセクハラ宣言をしてくる栗生を前に、頭を抱えて逃げ出したいのを堪える。

眼下には、封筒と一緒に並んだ三頭身のカフェ店員キャラがいて——萌え滾《たぎ》る可愛さに後ろ髪を引かれた。こんな心理状態でも、やはり可愛いと思ってしまう。あれこれと着替えさせて、自分の分身であるアバターアイテムとして利用できるようになったら、これまではオンラインゲームに興味のなかった一般ユーザーを、着実に増やせるという確信があった。

「抱かせてくれないなら何も描かないよ。レティシアの絵、気に入って貰ってるとこ悪いけど、年末に帰省した時に姉に捕まって、無理やり描かされた絵なんだよ……正月休み返上で、いきなり資料を渡されて三号分一気に描かされた。悪夢みたいだったよ。俺は近未来的な空間デザインを得意としているのであって、三頭身の女の子だの男の子だのを、ちまちま描く趣味はないんだ。ましてやスケジュール調整してやっと三ヶ月休みを取ったのに、海外旅行を中止して興味のない仕事なんて……ねぇこれ、どういうことかわかる？　俺にとって、君の体は最高に美味しいご褒美になるってことだよ。物凄く、理想的な小尻なんだよね」

「やめてください、こんな所で……っ」

「じゃあ出ようか？　昨夜のことを想像し過ぎると勃っちゃいそうだしね、お互いに」

「……っ！　僕は勃ちませんっ」

春都は思い切り否定して立ち上がると、資料をファイルに纏めて鞄に詰める。

顔が真っ赤になっているのがわかったが、気づいていない振りを決め込んで歯を食い縛った。

会計は済んでいたので、栗生と連なるようにして店を出てから、彼が足を向けるまま左側に歩いて行く。表参道ヒルズは全館の通路が傾斜しているため、流れに沿って下がって行けば、エスカレーターなどを使わなくても楽に一階まで下りることができた。

「まあ……君が覚悟を決めたところで、あの熱い社長が俺じゃ駄目だって言ったら駄目なんだろうけどね。でも彼って、あれだよね……」

「——あれって何ですか?」

「うーん……何かね、春都に甘そう」

春都は彼の言葉に反応し、下り坂の通路を歩きながら顔を上げる。

社会人としては否定したいところだったが、柿本が春都に甘いのは事実であり、春都自身もそれを承知していた。

そもそも柿本はオタク系の趣味を一切持っておらず、社内でも異色の存在である。

元々金持ちでコネもあり、ビジネスとしてこの世界に居るだけのことで、ゲームにも興味がなかった。いつだって春都の好きなようにやりやすいようにしてくれている。

「春都、ねえちょっといい？　こっちに来て」

「――栗生さん、春都って呼ぶのやめてください」

「人前ではちゃんと桃木さんて呼んであげるよ。それとも副社長がいい？」

「苗字で十分です……」

細長い三角柱のように開いた吹き抜けの周りを歩き、二人はすでに一階に居た。

ところが栗生はまだ足を止めず、B1にあるロッカールームに入って行く。

コンクリートの風合いがそのままになっているグレーの空間は、ロッカールームでありながらも雰囲気のある空間になっており、その上、まったく人気がなかった。ひんやりとした高いロッカーと、目隠しのようなグレーの壁があって、座る所まで用意されている。

「あ……っ、ちょ……ちょっと！」

春都は誰もいないロッカールームの中で、突如壁に押しやられた。

防犯カメラがある筈だったが、栗生はお構いなしに迫ってくる。

「や、やめてください、栗生さん……っ」

「こういうこと……毎日しちゃうよ。その代わり春都が望む通りの絵を描いてあげる。仕事は仕事だからね、気に入らないものはそう言って構わない。リテイクも何度だって受ける」

「――……っ、ん……ぅ！」

ロッカーとコンクリートに体を押しつけられながら、春都は強引な口づけを受けた。

香り高いシャンパンの味のするキスは、食べた時の冷たさとは裏腹に熱い。

ひんやりとするコンクリートに押し当てられていた腰に、栗生の手が回った。

唇を塞がれながら尻を円く撫でられ、大きな手には物足りない膨らみを、スラックスの上から握り込まれる。

「んぅ……ぅ、っ！」

セックスの時だって、こんなに熱烈じゃなかった……そう思うほど深く舌を挿し込まれて、春都は腰骨を抜き取られたような感覚を味わう。膝が遊んでしまい、彼の支え無しには立っていられなくなっていた。

（――……手に……お尻……押しつけるみたいで、嫌だ……っ）

自力で立たなきゃ、押し退けなきゃ……と思っても体がついて行かず、シャンパンで酔ったかのように視界が回り始める。眼鏡の度が急に合わなくなり、何もかもがぼやけて見えた。

「――……ぅ、ぅ……んっ」

「春都……眼鏡、邪魔だ……」

「……ぁ、っ……は……っ……は……」

淫靡《いんび》な糸を引くようにして離れた舌と唇から、濡れた吐息が漏れる。

片手で器用に眼鏡を外されると、皮肉なことに彼の顔がかえってくっきりと見えてしまった。

婚活中の男としても目を惹かれ、仕事の上でもその才能に惹きつけられた。

しかもキスが上手くて気持ち良くて、痛かった筈の尻も、揉まれている今は何故かそんなに痛くない。自分の気持ちがわからなくなってきて、春都は再び絡む舌から意識を逃した。

少しばかり性格が悪くても裏表があっても、たとえ……男同士でも……別にいいんじゃないだろうか？　と……妙な考えが湧いてきてしまいそうなほど、目の前の男が眩しい。

一つ二つの美点なら、性格と性別を理由に潰し切ってみせるのに、何だってこの男は自分にとってこんなにも魅力的なのか——考えれば考えるほど、憎らしくなるくらいだった。

「——……っ、ぁ……は……っ」

擦れ合う股間の昂りが、彼だけの一方的な物ではないことに気づいた時——春都はようやく解放される。さすがに監視カメラの前でこれ以上のことをする気はなかったらしく、強く押し退けずとも難なく離れた。

「や、やめて……ください、外でこんな……っ」

「そうだね、これからは会社の中でしよう。そのために完全個室をお願いしたんだから」

「栗生さんっ」

口元を慌てて拭う春都の眼前で、栗生は眼鏡をぶらりと揺らしてみせる。

そしておもむろに口角を上げると、満足げに唇を舐めた。

「俺の見込んだ通り、可愛くて美味しい春都くん、あとは君次第だ。君のおねだりなら何でも聞いてくれそうな社長を説き伏せて、狼な俺を会社に引っ張り込むか――それとも今から別のイラストレーターを探すか、どっちにする？」

「……う」

「今ここで答えを出してくれ。駄目なら俺はさっさとハワイに飛んで、ビーチで小尻の美男を探してみるよ。お互い、理想のパートナーが見つかるといいよね」

「――……っ、ほんと性格悪い……最低ですね」

この選択は昨夜の、ローションを取って手渡すか放り投げるかの迷いに似てるな……と思い、春都は激しい眩暈《めまい》を覚える。お見合いパーティーで、ただ普通にカッコイイなと思っただけなのに……理想のゲームを作りたいと思っただけなのに……何だって同性に身を任せる羽目になるのかと、つくづく我が身を呪いたくなった。

「……先輩は……社長は甘党の飲兵衛で、お酒の利いたチョコレートが好きなので、お土産に何か甘い物を買って帰ろうと……思います」

こんなキスをされても、体を触られてもやはり、『千夏』を拒絶するという道は選べない。

春都は『不本意で仕方ない』と、あえて自分の顔にしっかりと文字を書く気で表情を作り、眉間に深々と皺《しわ》を刻んだ。

「うんうん、それがいい。じゃあ三階に戻る？」

「いえ、一階にもチョコレートの専門店があって、チョコレートケーキを扱ってますから。そこも高めですけど、チョコレート一粒の価格と比べると、ケーキは結構リーズナブルで食べた気もしていいかと思います。僕がこの時間に買って帰るなら全員分を買わないといけませんし、一階の店のケーキにします」

「ふーん……春都はいい副社長さんだな」

「ええ、まあ……身を売る程度には必死で仕事してますから」

栗生の手から眼鏡を奪うように取った春都は、低めた声で吐き捨てる。

そして眼鏡を掛け、目の前の栗生を、窮鼠《きゅうそ》猫を噛むが如く睨みつけた。

「栗生さん、条件は全部呑みますが――一つだけ譲歩をお願いします。顔を合わせた時だけでいいので、社員に挨拶してください。愛想は求めませんが、さすがに一言だけは、それだけはお願いします。おはようございますと、おつかれさまです……それだけでいいですからっ」

春都は社内の人間関係の悪化防止と、柿本を懐柔する材料として、「栗生さんも反省して、挨拶はちゃんとするって言ってましたから」と言いたくて、言質《げんち》を取ろうとする。

そもそも栗生は、婚活男子のお手本となれるだけのマナーを、最長六時間は保っていられる能力があり、その気になれば輝くような笑顔を振り撒ける男だった。基本は個室に閉じ籠って作業するとしても、フロア内で擦れ違う時に一言くらいは何とかできそうなものである。

「ふぅ……まあ、それくらいは仕方ないか。女子社員がいるなら、片耳ピアスと結婚指輪でもしてようかな、それが一番モテない方法だ」

「け、結婚してるんですか⁉」

「してるわけないでしょ、魔除けみたいなものだよ。ゲイで特定のパートナーがいるとなれば、女にも男にもモテなくて済むからね。あ、今ちょっとショック受けた？」

「受けてませんっ」

「そんなに力いっぱい否定しなくてもいいのに。春都はつれないなぁ……」

歯を剝《む》く春都に栗生はクスクスと笑ってみせ、やはり輝くような魅力をちらつかせる。

他の男が言ったら、何言ってんだコイツ……と失笑したくなる台詞も、説得力があり過ぎて憎らしさ倍増だった。

「約束、してくださいね、ほどほどに挨拶……お願いします。チームワークは大事なんです」

「いいけど、その前に春都も約束してよ。ゲームの仕事をする限り、俺の恋人でいるってね」

「――っ、恋人って……期間限定でなるものではないと思いますけど、一応……約束します」

ぷいと横を向いて苦り切った顔で言った瞬間、春都は栗生の手で引き寄せられる。

あっ……と声を上げる間もなく抱き締められ、耳元にそっと、「約束だよ」と囁かれた。

《七》

柿本《かきもと》の好物である、コニャック入りのチョコレートケーキと、グランマニエの香るオレンジ風味のチョコレートムースを差し出し、「栗生《くりう》さん、反省してましたよ……人見知りが激しいみたいですけど、馴染《なじ》めば大丈夫です。説得してみたら、挨拶もちゃんとするよう頑張るって言ってましたから」と、かなりの御手盛りで懐柔した春都《はると》は、翌日の昼から栗生が使えるよう、企画室の一つを彼専用の作業室として整えた。

空間デザイナーでもある栗生が、家具はもちろんパソコンまで、すべて自分で選ばなければ気が済まないと言うので、とりあえずは会社にある物で最低限の準備をしておいた。

味気ないオフィス家具ばかりだったが、暫定ということで栗生に文句を言われることはなく、彼は出社してくるなり天井の高さを測ったり柱の太さを書き留めたりと、環境準備に忙しい。

「あの……仕事の件は、明日からでしょうか？」

「うーん……そうだね、時間的にオーダー家具ってわけにもいかないから、出来合の物を発注して届くのを待つしかないか。妥協するのは嫌いだけど……そもそもクロスの色からして好みじゃないし、窓の形もドアの素材も気に入らない。徹底したら最低半月は掛かりそうだしね」

「妥協してください、ほんとに。出来合の物なら何でも経費で出しますからっ」

「そうさせて貰《もら》うよ。とりあえず、ここに座ってみてくれない？」

「はい？」

栗生はスーツ姿でアームチェアに座りながら、インテリアカタログをデスクに並べている。

椅子は今のところ一つしかなく、春都が座る所など、どこにもなかった。

「あの……」

「ここだよ、ここ」

栗生は自分の腿《もも》を軽く叩き、両手を広げてみせる。

彼の部屋には誰も入らないよう言ってあるとはいえ、全社員が壁の向こうに居る今の時間に、そんなことを要求されるとは思わず——春都は後ずさりながら顔を顰《しか》めた。

「大丈夫、そんな無茶はしないってば。拒絶されると無理やりなこともしたくなるけどね」

「……ぅ」

万一いきなり扉を開けられるようなことがあっても室内がすぐには見渡せないよう、入口に高いラックか何かを置いて欲しいな……と思いつつ、春都は栗生の要求に従った。「失礼します」と一応声を掛け、求められるまま膝の上にちょこんと座る。

スラックスや下着を越えて、彼の骨や筋肉の感触が体に伝わってきて——誰かの上に座っているという状況に焦った。

「な、何だか……は、ずかしい……ん、ですけど……」

「春都は俺の恋人なんだから、これくらい普通にやってくれなくちゃ。もっと体重を掛けて、お尻の感触や体温を感じさせてよ。春都といちゃいちゃしてるって、実感したいんだ」

「ちょ、ちょっと……栗生さん……っ」

膝の上に座らせられ、後ろから抱き締められた春都は、上着の中を探られる。シャツの上から乳首を指で刺激されると、「……ぁ、っ」と甘い声が漏れてしまった。

小さな突起が硬く尖《とが》り始めていることも、栗生の唇が襟足に当たっていることもわかっていたが、逃げることはできない。嫌だとか、気持ちいいとか……そういう私情に心を寄せている余裕はなかった。ただひたすらにドアノブを見据えて、誰かがうっかり開けたりしないかと、それだけを警戒し続ける。

「余計なことばかり考えてるね……スリルを愉しむ気はないの？」

「……ぅあ、ぁ……っ」

余所者《よそもの》の貴方《あなた》と違って、僕は副社長なんですけど——と言いたくても言えず、春都は栗生の膝の上で身を捩《よじ》らせる。状況的に素面《しらふ》でいたかったが、そんな切り替えができるほど慣れてはおらず、乳首を執拗に摘んで捏《こ》ねられると、呼吸まで乱れてしまう。終《しま》いには股間が熱く疼《うず》き、吐息まで熱っぽくなっていった。

「春都の肌、柔らかくていい匂い……髪の香りも好みだ。ホテルに備えつけられてる物より、ずっと品がいい。これが本来の君の香りなわけか……こだわりを感じるよ」

「ん……っ、ぁっ、べ……別に……こだわってるわけじゃ、なくて……っ」

「そうなの？　シャンプーとか凄《すご》くいい物を使ってるように思ったけど、見当違いだった？」

春都は栗生の腿の上で身じろぎながら、少しだけ後ろを向く。

耳朶《じだ》や首筋に唇を押し当てていた彼と目を合わせると、煙草の匂いを微かに感じた。

「僕は……そういうの、全然構わない方なんですけど……先輩が……社長が、くれるんです。誕生日とかクリスマスに、半年分くらいドーンて……くれるから、そればかり使ってます」

「——……そう……趣味のいい社長がいて何よりだよ」

「っ、痛ぅ……！」

囁《ささや》きと共に耳朶を齧《かじ》られた春都は、予想外に強く噛まれて身を引き攣《つ》らせる。

甘い愛撫《あいぶ》から一転、乳首にも爪を立てられてしまい、そうかと思うと膝の上から下ろされた。

よろけながらも何とか転ばずにデスクに手をつくものの、腰に力が入らない。

生まれ立ての羊のように情けなく震えながらしゃがみ込むと、ライターの着火音がした。

「栗生さん……？」

「何？　この部屋は禁煙じゃないでしょ？」

彼は酷《ひど》く冷めた顔をして、煙草に火を点《つ》ける。

アームチェアに深く腰掛けながら、春都を見下ろした。

「――はい……禁煙じゃないことに……しましたから、ご自由にどうぞ。この部屋以外で吸う時は、休憩室の奥にある喫煙ルームを使ってください。ちょっと入るだけで凄く臭くなるので、お勧めできませんけど……」

「休憩室、さっき少しだけ覗《のぞ》いてみたよ。この会社の女子は妙だね、何だか調子が狂う」

「え……？　あ……無愛想にしていても……キャアキャア言われたりするからですか？」

春都は自力で完全に立ち上がると、乱れたシャツを整える。まだ動悸《どうき》も呼吸も乱れていたが、せっかく愛撫をやめてくれたのだから……と、気を取り直した。

「そう、しかも結婚してるのかって訊かれたから、ゲイでパートナーがいるよって答えたら、引くどころかむしろ喜ばれちゃって。攻めですか受けですかって……何だいあれは……」

「うちの女子社員を、世間一般の婚活女子とかと一緒にしない方がいいですよ。最初に出したゲームがそっち系の女子に人気が高かったので、いわゆる腐女子しかいないんです。基本的に二次元にしか興味がないので、栗生さんが愛想悪くても余裕です。鑑賞用としか思ってないから、むしろツン萌えするんでしょうね。ここでは外の常識は通用しないと思ってください」

春都はデスクの前に立ったまま、十二帖ほどの部屋を見渡す。

煙草を吸う栗生の姿があまりにも蠱惑的《こわくてき》なので、目を逸《そ》らしたいだけだったが――がらんとしたこの空間が、彼のセンスでどのようにレイアウトされるのか、ふと考えて楽しみになってしまった。けれど即座にその思考を止めて、早く家具が揃って仕事ができることを切に願う。

「春都が何語を喋《しゃべ》ってるのかわからない。でも腐女子って聞いたことあるな……何だっけ？」

「それはつまり……えーっと、簡単に言うとゲイが好きな女子のことです。ゲイと言っても、あまりリアルじゃない夢のある感じというか、半分ファンタジーのようですが」

「ファンタジーなゲイ？」

「あ、腐女子という呼び方が一般的になってきてはいますが……自称するのはいいけど一般の人間から他称されるのは嫌がる人も多いので、本人達の前では使わない方がいい単語ですよ。ちなみに攻めは、貴方のようなリアルゲイの人の用語で言うならタチだと思います。受けは、確かネコとか言うんでしたっけ？」

「なるほど、わかると納得だ。春都は受けなわけか」

「やめてください、好きでそうされたわけじゃありません。ああでもそういえば、もう辞めて同人作家をしている元社員の女子が、社長と僕をモデルにした漫画を描いてたらしくて、僕は受けだったそうです。実物を見ていないのでよくわかりませんが、あんまりな話ですよ……」

「――……へぇ、そう……」

春都が過去の怒りを思い出しながら語ると、春都よりもむしろ栗生が不機嫌な顔になる。

煙草を灰皿に落とす仕草も、どことなく苛立《いらだ》たしげだった。

そしてスチール製の書棚に目を向け、煙草を使って指し示す。

「衣裳や小物のデザインをやるなら、ファッションや雑貨関係の資料を取り寄せたい。本棚がいっぱいになるくらい大量にね。しばらくは資料集めと部屋のレイアウトで忙しくなるけど、先に納期は知っておきたいな。詳しく教えてくれる？」

「は、はいっ、もちろんです」

「イラストの仕事を本格的にやるのは初めてだし、ゲームに使われる場合の制約もわからない。どういうことを、いつまでに終わらせればいいのか……あとはすでに用意されている企画の内容を、ざっくりと纏《まと》めて書き出しておいてくれ。詳細はその都度聞くから大まかなものでいい。今はあくまでも、資料集めの参考程度に聞いておきたいだけだ」

「はい、すぐに書き出します。因みに今ハッキリと決まっている企画ガチャの内容は、アリス絡みのものと、クリスマスに向けた天使や悪魔などのゴシック系のもの、年明けの源氏物語と干支《えと》、ファンシー系のバレンタインになります。細か過ぎない程度に纏めて、進行表と一緒にお渡ししますね。アバターゲームのアイテムとして制作するに当たっての、制約というか……基本的な規格に関しては、話が細かくなりますので改めて時間を取りましょう」

「うん、よろしく」

栗生にふいっと手を振られ、春都は部屋から出て行けと言われたのを察する。

無駄話から一転——いきなり仕事のことを彼の方から切り出されて些《いささ》か驚いたが、願ってもないことなので、黙って退室した。


栗生の使っている企画室を出て、すぐ隣にある副社長室兼サーバールームに入ろうとすると、背後に柿本の気配を感じる。蛍光灯の光が大きく遮《さえぎ》られて扉に人影が映ったため、長身の彼に違いないとわかった。

「社長……」

サーバールームのドアを開きかけながら振り返ると、本当に柿本が立っている。

予想通りではあったのだが、その表情が異様に険しかったので、春都はぎょっと目を剝《む》いてしまった。

「桃木《もも き》、ちょっと話がある」

「え……っ、ぁ……」

柿本はサーバールームに春都を押し込むと、後ろ手に扉を閉める。

よくよく見ると、険しいというよりは青ざめた顔をしており、秀麗な眉がひくついていた。

栗生が来て数時間というタイミングだけに、おそらく栗生のことだろうとは推測できた春都だったが、どの辺りが青ざめるほど問題なのか――答えを出せないうちに柿本が口を開く。

「女子社員から聞いたぞ。あの男がゲイって、どういうことだっ」

「あ……ああ、そのことですか……そうですよね、驚きますよね」

「お前っ、まさか昨日の時点で知ってたのか⁉」

「はい……知ってました。うちはそういうの別に偏見ないですよね？　ほら、以前にもバイの人とかいましたし。ほら、柿本先輩を本気で口説こうとしてた人」

「俺ならいい、しっかり断れるからな。だが栗生の狙いはお前なんじゃないのか？　だいたい昨日の条件だっておかしいだろう、お前を狙ってるとしか思えないっ」

サーバールームは外に声が漏れ難いとはいえ、柿本の激昂《げっこう》は相当なものだった。

春都は困惑しつつ、少しでも扉から離れようとして、部屋の奥に向けてじりじりと移動する。まるで社交ダンスでもするように春都にくっついて横移動した柿本は、一時も待てないとばかりに春都の肩を揺さぶった。

「お前が栗生の絵に心酔していて、それを栗生本人がわかってるってことが問題なんだ。一発やらせる代わりに絵を描いてやるとか、まさかそんなこと言われてないだろうな⁉」

「――っ、い……一発だなんて……先輩ったらまた下品なこと言って……会社ですよ！」

一発どころか、期間限定恋人にされました……しかもすでに三発やられてますとも言えず、春都は上手い逃げ道を模索する。

妹はいても男兄弟はいない柿本が、自分を実の弟のように可愛がってくれていることは重々わかっていた。酔って騙《だま》された上に半ば強引に抱かれたことや、セクハラ宣言をされていることが知られたら——栗生との契約が白紙に戻ってしまうのは火を見るより明らかだった。

「どうなんだっ、あの男に迫られたんじゃないのか⁉」

「ち、違いますよ……だって栗生さんにはパートナーがいるんですよ。結婚指輪してるくらいラブラブなんですから、初対面の僕にそんなこと迫るわけないじゃないですか」

「わかるもんかっ、結婚してたって浮気する奴はするし、離婚する奴も大勢いる。ゲイだって同じことだろうが！」

「いや……あの、でも大丈夫なんです！」

「いったい何がどう大丈夫なのか、一四〇文字以内で納得できるよう簡潔に説明しろ。俺には、お前のケツが狙われてるとしか思えない！」

「ケツとか言わないでください。大丈夫なものは大丈夫なんです！　だって、だってね先輩、栗生さんは受けなんですっ」

春都は頭の中でポンと手を打ち、柿本に向かって少しだけ身を伸ばす。

顔を近づけて視線もあえてしっかりと繋《つな》ぎ、真実であるように見せかけた。

「受け……って、何だ？　オタク用語か？」

「要するに女役ってことですよ。栗生さんのパートナーは、身長二メートルの超マッチョなんですって。だからほら、僕みたいに好みに合わないのが担当だったら、彼氏さんに誤解されることもなくていいなってことでご指名な感じで、先輩が心配するようなことじゃないんです、ほんとに」

「――……あの……俺よりデカい男が……女役……？」

「そうですっ、ああ見えて実は女役なんです、吃驚《びっくり》でしょ。でもこの話は絶対内緒にしてくださいね。社長にも言っちゃいけないって言われてるのに、先輩があまりにも見当違いな心配するから仕方なく話しちゃったんですから。本人にはもちろん、他言無用ですよ。人様の重大なプライバシーですからねっ」

「あ、ああ……まあ、それはそうだな……言えるわけがない……」

春都はどうにか信じてくれたらしい柿本から解放され、内心ホッと胸を撫《な》で下ろす。

嘘をついて申し訳ないとは感じつつも、栗生に対しては特に罪悪感はなく、柿本に対しても、仕事の成功を思えば許される嘘のように思えた。

《八》

栗生がパーシペスカに来てから二週間が経ち、ベータ版の公開に向けて社内は一気に慌《あわただ》しくなっていた。年収三千万を稼ぎ出す男の実力は、業種を変えたところで陰るようなことはなく、栗生の作画スピードとクオリティの高さは超人的なものだった。

イラストレーターが決まらないために、ベータ版の公開日の延期を覚悟していた社にとって、栗生の速筆は嬉しい悲鳴を齎《もたら》している。無理をすれば当初の予定通りに公開できるとわかった途端、連日フル稼働状態でゲーム制作に勤しんでいた。

「——……っ、ぁ……は……っ」

深夜三時、残っていた社員が帰ってから、春都は栗生の部屋に日本茶を持って行き、一週間振りに彼を受け入れる。副社長でありながら、栗生専属のお茶汲みまでやらされている春都は、彼とある約束をしていた。

社員が一人でも残っている時は、最後まではしない——その代わり社員が全員帰った時は、必ず知らせるという約束を交わし、実行している。ただしこの一週間は特に忙しかったため、社員が一人もいない状況で二人が社内に同時に残っていたことは、一度もなかった。

「ん……ぃ、痛……っ、ぅ……！」

最後の一人が帰ろうとした時、本当はこのまま泊まっていってくれと頼みたかった春都だったが——それはルール違反な気がして、引き攣りながらも労いの言葉を掛けて見送った。そして社の規則に従ってエントランスのセコムを掛け直し、手ぶらだと訪ね難いので日本茶を手にして、栗生の部屋の扉を叩いたのである。

「——……まだ痛む？　これでも奥までは……挿《い》れてないんだけどね……」

「は……っ、ぁ……は……っ！」

春都は仮眠用のソファーにしがみ付くようにしながら、緩《ゆる》やかな抽送《ちゅうそう》を受け止める。

栗生は自分のペニスの根元を手で押さえ、ストッパー代わりにしながら挿入していた。

セクハラ紛いのことは隙《すき》を見て散々するくせに、無茶とルール違反はしない彼に向かって、春都は「——……平気です」と、小さく答える。

「そう？　じゃあ、もう少し深く挿れちゃおうかな」

「——っ……ぁ……ぅ……！」

栗生はペニスに添えていた手をずらし、言葉通り、少しだけ深く挿入した。

春都の体がなかなか慣れないのも無理はなく——栗生の予定では、もっと頻繁に体を繋げる筈だったが、現実には社内に人が多過ぎて、この二週間、二人がまともにセックスをしたのは二回だけだった。

それも前回から一週間空いてしまったため、春都には多少の申し訳なさがある。

気遣いの見られる抽送を受けながら、真紅のソファーに縋《すが》りついて、腹を括っていた。

下腹部を押さえるようにして腰を掬《すく》い上げられていたが、自力でも腰を突き出し、彼の雄を迎え入れる。

（――……絵が素晴らしいだけじゃなく……意外と真面目で……調子が狂うっていうか……）

イラストの仕事はやりたくないと言っていた栗生は、実際に作業に入ると完璧主義を貫き、サブイラストレーターをあまり使わずに殆どのアイテムに手を加えていた。

当初の予定では、無料アイテムの大部分と、有料アイテムの半分程度をサブが作画することになっていたが、栗生はすべての原画に目を通さないと気が済まない性格で――原画にしても着色済みの物にしても、納得がいかなければ自分で直してしまう。それだけではなく、すでに完成していた背景画像にもリテイクを出し、背景担当者との軋轢《あつれき》は相当なものになっていた。

最早挨拶などの問題ではなく、大半の男性社員を敵に回しているといっても過言ではない。

また、栗生が春都を顎で使っていることも、アンチ栗生を生み出す要因になっていた。春都自身はあまり意識していなかったが、桃木春都と言えば、オンラインゲーム界では憧れのカリスマクリエイターである。しかし栗生の圧倒的な仕事量と実力は他者を圧倒するもので、実力主義のゲーム会社では誰も彼に文句が言えず、ピリピリとした状態が続いていた。

「……っ、ぁ……あっ、ぁ……っ！」

春都はシャツを脱がされ、下半身も膝まで剝かれた恰好のまま、じっくりと突き上げられた。彼の手が下腹部から胸へと上がって行き、耳には唇を当てられる。

すぐに達《い》かないよう、引き延ばしているのが感じられる抱き方だった。

「春都……後ろを向いて」

「……っ、ん……っ」

指示されるまま顧みると、背後から覆い被さる彼にキスをされる。

一時的な恋人ごっこだとわかっているのに、こんな時は妙に嬉しくなって——そんな自分の気持ちに戸惑った。理想の小尻だと言われても、それを毎日撫で回されてもときめかないのに、キスをされると心臓がたちまち騒いで、血の巡りが速くなる。

「——……ふ、ぅ……ん……っ」

「……ッ……ハ……」

苦しい姿勢で舌を絡ませ合い、繋げた体を揺さぶり合った。

春都は自分の腰が少しずつ動き、完全に受動的な状態ではなくなっていることに気づきながらも、それを認め切れずにいる。彼に揺さぶられた反動で腰が動いているだけだと思いたくて、自分自身に強くそう言い聞かせていた。

「……っ、久しぶりだから……ゆっくりしたいのに、何でこう……持たないかな……」

「んぅ、ぅあ……っ、ぁ！」

舌が解けても、唇をチュッチュッ……と甘く当てながら、栗生は自嘲《じちょう》する。

そして両手を春都の腰に回すと、ワンストロークごとに抽送を深めていった。

「あ……はっ、ぁ……ぅ……奥……っ」

「——……ッ、ハ……キス、してると……その気になり過ぎるよね……わかる？」

「ひぅ……っ！」

わかるも何もないくらい、栗生のペニスは硬く張り詰め、遂に根元まで納まり切る。

日本人離れした体躯《たいく》の男を迎え入れるには、春都の腰はあまりにも細過ぎた。

嗜虐的《しぎゃくてき》な趣味を持つ男でなかったのは幸いだったが、丁寧にされたところで許容量を超えていることに変わりはない。動かれれば尚更で、ローションをたっぷりと使用しても——内壁を逆撫でされる度に、内臓を引っ張り出されるような感覚を覚えた。

「——……ぅ、くぁ……っ、ぁ……あ……っ！」

「春都……っ、ほら……俺のが全部、春都の中に入ってる……ここ、めいっぱい拡がって……凄いよ、小尻なだけに……無理やり感が凄い、興奮する……っ」

「や……も、息……でき……っ、な……」

春都は赤いソファーに縋りついたまま、ハフハフと呼吸する。

実際には息ができているのに、まるで水中に居るように苦しくなった。

体の中が限界まで彼の肉で埋め尽くされ、何一つ自由にならない気がしてくる。

絶頂を感じて達してしまうことも、同様に制御不可能だった。

「ふぁ……ぅ、ぁ……あ——……っ！」

「——……ッ！　春都……触ってもいないのに……達ったの？」

「……っ、ぅ、ぅ……は……っ」

「好きだよ、君のここ……達くと……ひくついて、本当に……可愛い……っ」

栗生は春都の体を突き続けながら、微かに呻《うめ》いた。

中には出さずに、ずるりと引き抜くなり双丘の間にペニスを挟む。

社内ということでさすがに遠慮はあるらしく、これまでの二回のセックスの際も、外に出すかコンドームを使用するかのどちらかだった。

「んっ、ぁ……は……っ、ぁ……！」

「春都……っ……」

栗生は春都の尻肉を鷲掴《わしづか》みにして寄せ、後孔《こうこう》にペニスの裏筋を押しつける。

その状態で激しく腰を動かすと、背中目掛けて思い切り精を放った。

「――……ッ！」

「んは……っ、ぁ……っ」

背中に生温かい感触を覚え、春都は顔を真っ赤に染める。

先程放った物が、膝の辺りに置いたシャツに掛かったのか……それともソファーのレザーに掛かったのか気になっていたが、確認する余裕はない。すでに達したあとだったにも拘わらず、後孔の表面を摩擦されて酷く感じてしまい、萎《な》え切らぬ先端から第二陣を放出する有様だった。

「……っ、は……ぁ……は……っ」

体の奥から抑え切れない火照《ほて》りが上がってきて、顔や頭が熱くなる。

空調の利いた部屋では季節など関係なく汗ばみ、体中が様々な体液で濡れている気がした。

この会社にシャワールームがあって良かったのか、それとも無い方がこんなことにならずに済んで良かったのかと、ぼんやりと考えているうちに背中を拭われる。

ソファーに縋ったまま視線を下に向けると、白濁の染みた自分のシャツが目に映った。

赤いレザーは辛うじて汚れておらず、胸を撫で下ろしたくなる。

「……大丈夫？　痛くなかった？」

後ろからふわりと抱き寄せられた春都は、瞬《また》く間に体の向きを変えられた。

膝の力が抜けて抗《あらが》う余裕などなく、気づいた時にはソファーに座る彼の膝の上に乗せられる。

栗生は春都の小尻が気に入っているせいか、こうして自分の腿の上に座らせて、顔の位置を同じくらいにして見つめ合うのを好んでいた。

「は、はい……大丈夫、です……」

「春都はネコの才能に溢《あふ》れてるよね。普通はこれだけ体格差があったら相当キツい筈なのに、皮膚が柔らかくて体全体が柔軟でいい。壊れそうに見えて、意外と丈夫だしね」

「そんな才能……っ、要りませんから」

春都は膝下まで下りてしまっているスラックスを引き上げようと、足元に手を伸ばす。

作画用に設けられた室内は明るく、達して濡れている恥ずかしい所が丸見えになっていた。

「ああ、駄目だよ……俺がいいって言うまでその恰好でいるんだ」

「もう終わったんだから、服を着させてください。シャワー……浴びたいんです」

「そういう可愛くないことを言うと、またやっちゃうよ。ろくに寝てないだろうから、一回で済ませてあげようと思ってたのに」

「……っ、勘弁してください……ほんとに、寝てないんですから」

栗生は春都の唇を啄《ついば》みながら、ようやく萎えた性器にそっと触れる。

快楽を与えるためではなく、後戯として包み込み、チュッと音を立ててキスを続けた。

「——……っ、ぅ……」

「こうするの、久しぶりだね」

「キ、キスは……今朝も……いえ、昨日の朝も……しました」

「あれは挨拶みたいなものだよ。エッチのあとにするキスは、軽くても格別だと思わない？」

「……ぁ、っ」

押し潰される唇が、つるりと滑る舌で割られる。

軽く……と言いつつ強引に口内を犯されて、春都は反射的に彼に縋った。

先程まではソファーにしがみ付いていた手を、栗生の肩に回す。

シャツの下にある肌は少し汗ばんでいるようで、体温も高かった。

つい今し方まで、彼が興奮していたことを物語っている。

「……んっ、ぅ……っ」

「――……ッ」

栗生の膝の上に乗りながら、やんわりとペニスを揉《も》まれてキスをされ、春都は堪《たま》らずに瞼《まぶた》を閉じた。何となく顔を見られている気がして恥ずかしくなり、唇から逃げるように顔を背ける。

「……ッ、シャ……シャワー……お先にどうぞ……寝てないのは栗生さんも同じですし、一度帰られるなり、仮眠を取るなりしてください」

俯《うつむ》きながら照れ隠しに言った春都だったが、栗生が十分に休まないことはわかっていた。

彼はこのソファーに寝て仮眠を取る程度で、家には滅多に帰らない。

帰宅したとしても着替えのためだけで、またすぐに出社してくるほど仕事熱心だった。

最近では春都と共に、眠らない二人、帰らない二人——と、社員達に囁かれている。

春都からしてみれば、まったく別世界の人間に見えた栗生だったが、集中すると他のことがどうでもよくなって時間感覚を失い、こだわり抜いて妥協できず——独り暴走した挙句に籠《こも》り切ってしまうところが、意外にも自分と似たタイプの人間だった。

むしろ自己管理も社の全体的な管理も事務的に淡々とこなす柿本の方が特殊に感じられ、殊仕事に関しては、栗生のやり方は手に取るように理解できる。波長が合うと言っても過言ではなく、仕事の話を詰めている時は、長年組んできたパートナーと話しているような、不思議な連帯感を覚えることさえあった。実のところそれは、一を聞けば十理解する栗生の才能のせいなのかも知れなかったが、自分のイメージが確実に形になっていくことを、奇跡的な出逢いが齎《もたら》す快感として捉えずにはいられない。彼という存在に、感謝する心を止められなかった。

そんな栗生の求めから、狡《ずる》い手を使ったり嘘をついたりして逃げられる筈もなく——春都は連日のセクハラと、こうしてたまに交わす情交に耐えている。

「寒い？　少し鳥肌が立ってるよ」

栗生はまだ離れる気はないようで、ソファーの端に置いてあった毛布で春都を包み込んだ。

自分の腕にすっぽりと入る細さを愛でるようにしながら、満足げに笑う。

「栗生さん……あの……あまり無理しないでくださいね。タフなのはわかってますけど……」

「無理しなくて終わるわけ？　だいたいね、こんなスケジュールでイラストレーターを決めていなかったあたり、君は相当クレイジーな副社長だと思うよ。我儘《わがまま》にも程があるよ」

「それはっ、栗生さんが僕の依頼メールをちゃんと見てくれなかったせいじゃないですか」

栗生の膝に乗せられたまま、春都は依頼を繰り返した日々を想い、恨みがましく抗議した。

メール一通にどれほど時間を掛け、どんなに想いを込めたのか——今、視線に乗せて訴える。

「ちゃんと見ていたところで請けないから同じだよ。君の可愛いお尻が写ったヌード写真でも添付されてたら、早々にまともな対応をしていただろうけどね」

「最悪です……」

「最悪なのは君も一緒だ。俺が請けなかったらイラストレーターを一から探し直して、新たに依頼を掛けるつもりだったんだろ？　それで順調に決まったとしてもベータ版の始動が遅れて、年末商戦に影響が出るのは必至じゃないか」

「最悪じゃないです。それだけ……こだわってたんです、欲しかったんです、貴方の絵がっ」

春都は栗生の両腕に抱かれながら、上目遣いに彼を睨《にら》む。

最悪と言われて腹が立ち、ふて腐れずにはいられなかった。

「こだわるのはいいけど、時期を逃して損失を出すのはプロじゃない。お見合いパーティーで縁が無かったら俺に描かせることはできなかったわけだし、そうなれば君のスプティは別のイラストレーターの絵で――それも特急で作られていたことになる。俺より上手いプロの絵師はいくらでもいるだろうけど、こだわりが徒労に終わってた可能性は否めないよね」

「――……っ、でも……貴方と縁がありました。実際には、粘って正解だったんですっ」

「知ってる？　そういうのを運命って言うんだよ」

「！」

抱かれたままじっと見つめて告げられ、春都はその場で居竦《いすく》まる。

琥珀《こはく》の瞳に自分が棲んでいることに気づくと、喉にあった水分が干上がる感覚に襲われた。

「これ以上、君が柿本さんに甘やかされて……やれやれなんて許されることにならないように、必ず納期に合わせるよ。もちろんクオリティは落とさない。俺は、妥協も延期も嫌いなんだ」

「僕が、社長に甘やかされて許される必要がないようにって……どういう意味ですか？」

「許すという行為は、恩を売る行為であり、可愛がる行為でもあるだろ？　君に恩を売るのも君を可愛がるのも、全部俺がやるってことだよ」

そう言うなり笑った栗生に口づけられ、春都は一瞬目をぱちくりとさせる。

彼の真意が読めず、どこまでが契約した恋人ごっこの範囲なのか、時々わからなくなった。

この部屋には、観葉植物やモダンな家具が置かれていることもあり、こうして抱き合って唇を重ねていると、会社に居る実感が薄れてくる。それだけに栗生との関係を意識してしまい、ふと……勘違いしてしまいそうな自分に突き当たった。

（この人はゲイのプレイボーイで、僕の体を……特にお尻を気に入ってるだけ。それに、僕はゲイなわけじゃない。お互いに利害関係が一致している……期間限定の恋人ってだけだ……）

春都は唇を押し当てられたまま目を閉じて、眉間を震わせる。

自分で自分を納得させながら、何故かもやもやと気分が曇っていくのを感じていた。

性的な行為には、感情を動かす魔力でも潜んでいるのか……心が少しずつ、毎日、毎回……本当に少しずつ彼の方へと引き摺《ず》られて、一喜一憂させられてしまう。

本業ではない一時的な仕事に対しても真摯《しんし》に取り組み、他者と衝突してでも高クオリティなものを追求するところや、どんな些細なアイテムも人任せにできない完璧主義者な部分に、一社会人として同感し、惹かれていた。少々我儘で困った人だとは思いながらも、目指すものは自分の目標と同じでブレがなく、イラストレーターとして心から尊敬し、信頼している。

（――……セクハラするけど無理はしないし、優しい……し……凄く、気持ち良くて……）

栗生秋仁《あきひと》の短所――絶対に好きになれない所はどこだっただろう……それはしっかり念頭に置いておかなければと思っても、忘れずに掲げておきたい短所が見つからなくなっていた。

本人は性格が悪いと言っているものの、それを許せてしまうくらいの力は本当にあって——彼が以前言っていたように、笑わなくてもモテるというのが、多角的に納得できた。

「栗生さんのお蔭《かげ》で……来月十一日にはベータ版が予定通り始動できそうで……だからその、無事に始動した暁には、打ち上げに参加して貰えませんか？　ギスギスしてるのは事実だけど、それは今、皆ろくに寝てないからだと思うんです。きっと和やかに飲めると思うので……」

「打ち上げ？　そういうの嫌いなんだよね、大勢で飲むより春都と二人だけがいい」

「それじゃ意味ないんです。ベータ版の次には本番が控えてますし、一度そういう場を設けて少しは人間関係を円滑に……って、社長も言ってました。お願いします」

「——……出たくないな、俺には何のメリットもないし」

「栗生さんっ」

「シャワー浴びてきたら？　俺は春都のあとでいいから。それとも一緒に浴びる？」

「……っ、お先に失礼します」

春都は下着とスラックスを同時に引っ張り上げ、栗生の膝から離れる。

毛布に包まれたまま立ち上がると、腿や腰の辺りがスーッと冷たく感じられた。

これまでずっと栗生の脚の上に座っていたのだと実感して、妙な喪失感を覚える。

愛撫が終わった瞬間にもそんなことを感じることがあり、慣れていく自分が少し怖かった。

「――……たとえば、僕が何かしたら……打ち上げ、出てくれたりとか……そういう条件て、あったりしませんか？」

春都はスラックスが落ちないようベルトを締めてから、汚れたシャツを掴む。

毛布ごと栗生の部屋を去ろうとしながらも、背中で彼の答えを待っていた。

「そこまでして俺を打ち上げに引っ張り出したいの？　要するに飲み会でしょ？」

「貴方は人見知りで……しかも仕事中は集中しているせいで愛想がないって設定にしておいて、でも……お酒が入るとわりと普通だったりしたら、貴方に対する見方も変わると思うんです。女子は貴方の見た目だけで何でも許せちゃうらしいから放っておいてもいいんですけど、男はそうはいきません……うちは男の方が圧倒的に多いですし、もう少しだけ……何とか……」

「そこまで求めるのは契約違反だと思うけど、追加報酬があるなら考えてもいいよ。俺は君に惚《ほ》れてる立場だからね、美味《おい》しい条件を出されると弱いんだ」

「！」

「こっちに来て」

惚れてる――と言われて思わず肩で反応した春都は、ソファーから差し伸べられる手に引き戻される。社内で履いている室内履きのままペタペタと床を歩いて、栗生の掌に、躊躇《ためら》いつつ指先を当てた。

ここが社内の一室で、こんな酷い恰好でなかったら、手にキスをされる中世のお姫様のようだな……と思い、見上げられると妙に照れてしまった。どんな条件を出されるかよりもむしろ、真っ直ぐに向かってくる視線に焦り、胸がそわそわと落ち着かない。

「春都……もし君が、その打ち上げのあとに、柿本さんに引き止められようと二次会に誘われようと応じず、俺と二人で帰って――それから俺のマンションに行き、そして、そうだな……その可愛い口で俺のをしゃぶってご奉仕してくれるなら、参加してあげてもいいよ」

「……っ、そっ、それは……僕と貴方の関係を、公表するってことですか？」

「いや、そんなことまでは求めてない。俺が酒に弱いっていう――設定？　にしてもいいよ。君は立場上、酔った俺を放っておけなくて他の皆を置いて俺と帰るんだ。そういうシチュエーションを望んでるんだよ。それと、一度くらい君の口で愛されてみたくって」

「……っ」

春都は栗生に手を握られ、微笑《ほほえ》みと取れなくもない顔で見つめられる。

出逢った時ほどきちんとはしていなくとも、やはり類《たぐい》まれな容姿と才能の持ち主である彼に、何故こんなに求められるのか――まったく以《もっ》て理解できなかった。

「それで……仕事が上手くいくなら、頑張ります……だから、打ち上げに参加してください」

何を要求されたのかを具体的に考えるより先に、春都は答えを出していた。

同性の性器を口にするなど考えられないことだったが、されたことならある。

こうして手を握られているのと近い体勢で、口だけで達かされたこと——そして、ごくりと飲み干されたことを想い返すと、指先にまで心音が行き届きそうだった。

「——他に、俺に要求したいことはある？」

「いえ……その約束だけでもう、十分です。あとは……あ、そうだ……無料アイテムまで手を入れ過ぎて可愛くなってるので、もっとセーブしていただけると助かります。着色スタッフが品の悪い色でベタ塗りしたりして差を付けてはいますが、原画が良過ぎるんです。無料プレイでゲームを盛り立ててくれるユーザーを獲得することは大事ですが、非課金アイテムが充実し過ぎるとそれで満足してしまって、課金に結びつきません。手抜きするのが不本意なのはよくわかりますが、無料と有料の格差をしっかりと付けるのが、プロの仕事です」

「——……わかったよ、ちゃんと差を付ける。課金せずにはいられないような魅力的な物を、有料アイテムとして量産するよ」

「はい、くれぐれもよろしくお願いします」

春都は栗生の手から逃れると、シャワーを浴びるために再び歩き出す。

把手《とって》を摑むと背中に未練の視線を感じ、そして自分自身も——今度は指先に淋しさを感じた。

《九》

オンラインRPGで名を馳《は》せたパーシペスカが、社運を賭けるアバターコミュニケーションゲーム『スプティ』のベータ版は、当初の予定通り十一月十一日に始動した。

それから二週間、春都はメンテナンスで連日多忙な日々を送り、他のエンジニアもほぼ全員似たような状況だった。

イラストを担当している栗生は本来ならば少し休めるところだったが、勤務期間が三ヶ月と限られているため描き溜めが必要になり、すでに来年の雛祭り企画の原画に着手している。

春都の直観は見事に当たって、スプティはアバターの可愛さと入りやすいゲームシステムで、一般ユーザー及びヘビーユーザーを大量に獲得していた。ベータ版の公開からわずか二週間にして、国内の同種ゲームの中で三位のユーザー数を誇っている。さらに驚異的な伸びをみせている上、これから先には国内最大のSNSとの提携や、大々的な宣伝が控えていた。携帯版も追って始動し、ユーザー数も課金も増える年末年始に向けて、準備は着々と整っている。

各種ゲーム雑誌はもちろん、一般誌やニュースにまで取り上げられるほど注目されており、海外展開するための英語版の制作も同時進行していた。

「桃木、内輪だけとはいえ全員来てるんだ。少しは副社長らしくしていろ」

ベータ版の成功を祝う打ち上げの席で、春都は柿本に肩を摑まれる。

都内のホテルの小宴会場を貸し切り、ビュッフェ形式で行われているパーティーは、春都が予想していた打ち上げよりも大々的なものになっていた。当初の予定では、スプティチームのメンバーだけで打ち上げを行い――本格始動後の忘年会では、声優や取材陣も入れて派手に行う筈だったのだが、ベータ版からして勢いが良過ぎたため、そうもいかなくなってしまった。

「栗生さん……来ませんね。電話も通じないし、何かあったんでしょうか……」

春都が栗生に出席の確認を取ったのは、今から二時間前のことだった。

念のため場所や時間を確認すると、彼は「わかってるよ、今着替えてるところ」と言って、電話越しに笑っているようだった。スプティの成功は彼の喜ぶところでもあり、ここ最近は常に機嫌が良く、できるだけ先の分まで絵を描こうと励んでいたのである。

「気が変わったんじゃないのか？　気紛れな奴だろう？」

「気紛れ……でも、ないですよ。それは単なるイメージです」

「確かに仕事は真面目にやってたな、実力があるのも認める。だが、性格的には非常に問題のある人間だ。打ち上げに来ないのは想定内であって、お前がそこまで気にすることじゃない」

柿本は春都が携帯ばかり気にして、入口でそわそわしているのが気に入らず、やたらと棘《とげ》のある言い方をしていた。

しかし春都には、栗生がこの打ち上げを黙ってボイコットするとは、どうしても思えない。二時間前の電話の切り際、彼は甘く囁くように「今夜、楽しみにしてるよ」と言っていた。お互いに忙しく、異様なほど早く時が流れる中で、かれこれ一月以上も前に交わした約束を忘れずに念を押していたのである。

そんな彼がここに来られない理由があるとしたら、悪いことしか思いつかなかった。

「桃木さん、さっきからそんなとこに居て全然飲んでないじゃないですか。もっと中央に来てくださいよ。桃木さんに憧れて業界入ったバイトくん達が、話したがってますよ」

「あ……木谷《きたに》くん……ごめん、今ちょっと手が離せなくて」

「桃木、いい加減にしろ。栗生は目立つんだから来たらすぐにわかる。こんな所にいつまでも突っ立ってないで、ちゃんと輪の中に入ってこい。これも仕事だ」

グラスを手にしたWebデザイナーの木谷と、ゲームが大成功したにも拘らず機嫌の悪い柿本に挟まれ、春都はますます落ち着きをなくしていく。

事情や根拠は誰にも話せないことだったが、栗生が些細な我儘で来ないとは思えず、無意味だとわかっていてもエレベーターで下に降り、ホテルのロビーやタクシー乗り場を見に行きたかった。電話も再び掛けたくて、携帯を握る手に力が籠る。

「天才栗生氏が来ないのは、俺らみたいなオタクと顔合わせるのが嫌だからでしょ」

「これだからリア充のイケメンは嫌なんすよ。俺らを差別してるっつーか、超上から目線だし。あれでゲイじゃなかったら、嫌味が服着て歩いてるみたいっすよね」

小太りで彼女いない歴二十五年の木谷は、グラスのビールを呷《あお》って舌打ちした。

元々栗生との仲は良くなかったが、栗生の本業の一つにWebデザインがあることを知ってからというもの、何かと対抗意識を燃やしている。

「違うよ、見下してるとかじゃないんだ。器用そうに見えて、実はちょっとのめり込み過ぎるところがあるだけだし、それに木谷くんだって、彼がイケメンだってことで差別してない？」

「なんすかそれ？　そういうのは差別っつーより、褒めてんでしょ。いけ好かないけど、マジ神だと思ってますよ、天才って言ってるじゃないっすか」

「──……神って……褒め言葉として使ってないでしょ」

「桃木、木谷に突っかかってどうするんだ。とにかくこっちに来い、何も食ってないだろ？」

ふて腐れた木谷が空のグラスを手に去って行くと、柿本は春都の手首を強く摑んだ。

つられて歩かずにはいられない勢いで、中央に向けて引っ張って行く。

「先輩、手を放してください。やっぱり気になって無理です。何かあったとしか思えないんで、迎えに行きます」

「木谷くん……」

「冗談だろ？　お前は自分の立場をわかってるのか？　これで四作連続大当たりを打ち出して、この世界じゃそれこそ本当に『神』なお前が、アイツのお茶汲みまでやってることに不満を抱いてる奴は大勢いるんだぞ。その上こんな席でまで栗生栗生じゃ、示しが付かない」

「とにかく放してください。立場がどうとか、そんな次元の問題じゃないかも知れないんです。それくらい心配なんですっ」

春都は柿本の手を振り払った途端、こちらに注目している社員達の視線に気づく。

今月に入ってから各種メディアの指名取材を多数受けており、社内外から注目されていることは自覚していた。立場を忘れた振舞をしていることも、仕事の一つであるチームへの労いを疎《おろそ》かにしてしまっていることも承知している。それでも、栗生が今どんな状況にあるのか——それが何よりも気になって、他のことなど考えられなかった。

「すみません、時間内に戻れないかも知れませんけど、僕抜きで何とかお願いします。本当にすみませんっ」

「桃木！」

再び手を摑もうとする柿本から逃れ、春都は宴会場から飛び出す。

廊下を走りながらコートと引き換える札を用意し、クローク内のホテルマンを急かした。

栗生のマンションの住所は携帯に登録してあり、現金やカードの入った財布も持っている。

それらをエレベーター内で慌しく確認した春都は、激しく高鳴る胸を押さえた。

自分一人を乗せた箱が高層階から降りて行くと、耳が痛くなって不安が加速する。

このホテルに向かう途中に、もしも栗生が事故に遭っていたら——そして二度と会うことができないような事態になったら、自分はどうするのかと自問する。

そんな妄想だけでも肌が粟立ち、気分が悪くなって、答えなど出てこなかった。

ただ怖くて怖くて堪らなくなり、耳の痛みに任せて泣きたくなる。

祖母が倒れて救急車で運ばれた時の記憶が重なって、身も凍るような死の恐怖に苛《さいな》まれた。


ホテルから乗ったタクシーの運転手は都内の道路事情に詳しく、渋滞を上手く避けて栗生のマンションに向かうことができたが——問題はそのあとだった。

春都も柿本に言われてそれなりのマンションに住んでいたが、年収三千万を稼ぎ出す栗生のマンションはさらに上をいき、入口にガードマンが立っている。エントランスにセキュリティシステムがあることは覚悟していたが、住民のあとにくっついて通る……などという甘い計画は無理があった。

「九〇三号の栗生さんの緊急連絡先は……お姉さんの携帯になってますね。今から連絡入れてみますから、事情を話して了解を取ってください」

まずはガードマンに、そして管理人の男性に事情を説明した春都は、この段に来てますます強烈な不安に陥っていた。栗生は自宅の電話番号をパーシペスカに対して教えていなかったが、管理人は把握しており、そこに何度か電話を掛けて貰ったところ、誰も出る気配がなかった。

しかし携帯も一向に繋がらず、栗生の居場所も状況も依然としてわからない。

「——……ええ、弟さんが勤めている会社の副社長さんとのことでして……はい、そういった方法での鍵開けは可能です。ええ、ええ……もちろんです……」

身なりの良い中年の管理人は、ホテルのフロントに似た受付の向こうで、栗生の姉と話していた。間もなく受話機を渡されると察した春都は、気を落ち着かせようとして肺の奥まで息を吸い込み、ゆっくりと吐く。

「お電話かわりました……お忙しいところ大変申し訳ございません、株式会社パーシペスカの桃木春都と申します。栗生秋仁さんのお姉様でいらっしゃいますか？」

『初めまして、レティシアの編集長をしております、栗生美冬《みふゆ》です。桃木さんて、以前うちの編集部にケーキを持ってきてくださった方よね？　その時は不在でお会いできなかったけど』

「は、はい。レティシアの編集長さんでしたか、すみません、その節はお世話になりました」

春都は電話だということを忘れて受付に向かって頭を下げ、思いがけない言葉に狼狽《うろた》える。

緊急連絡先が栗生の姉の携帯だと聞いた時点で、結婚相談所を経営している長姉の携帯だと勝手に思い込んでしまっていたが、実際には二番目の姉のものだった。

『御礼をメールだけで済ませてしまってごめんなさいね。イラストレーターの千夏《ちなつ》の連絡先を教えて欲しいって人は大勢いたけど……美味しいケーキを持って直接来てくださったのは貴方だけだったわ。だから秋仁が休暇返上で貴方の会社の仕事をするって聞いた時も、あまり驚かなかったの。ところで何だか大変なことになっているようだけど、秋仁がどうかしたの？』

電話の向こうに居る女性は、声からして如何にもセクシー美女という雰囲気で気圧されたが、春都は動揺を隠して言葉を整理する。できるだけ早く、簡潔に用件を伝えようと必死だった。

「あの……っ、今夜は会社の打ち上げパーティーだったんですが、出席予定だった栗生さんが会場に現れなくて、連絡が付きません。今から三時間くらい前に電話した時は行くと言ってましたし、着替えている最中だと話してたんです。それで、心配になりましてマンションに来てみたんですが……セキュリティの関係で玄関先に行くことができなくて」

『つい三時間前まで連絡が取れたんでしょう？　そのわりには随分と心配してくれてるのね。子供じゃないんだし、普通はそこまで心配しないいんじゃない？』

「え……っ、あの……でも、約束してましたし……何かあったのかと心配で……」

『副社長さんなのに、パーティーを抜け出して様子を見にきてくれたの？　もしかして、弟と付き合ってるのかしら？』

「……っ、ぇ……あ、いえ……あのっ……」

電話の向こうでフフフッと笑う栗生の姉は、特に心配している様子でもなく、春都は自分の暴走ぶりを顧みる。しかも付き合っているのかと問われてしまい、後々になって栗生を困らせるのではないかと焦った。

『あの子、これまでろくなのと付き合ってこなかったから、貴方みたいにまともな人と上手くやれてるならいいんだけど——まあとりあえず管理人さんに頼んで部屋を開けて貰いましょう。もしかしたら低血糖で倒れてるのかも知れないわ』

「低血糖……？」

『食べると眠くなるとか、集中すると食べるのを忘れるとかで、時々低血糖症みたいになるのよ。酷い睡眠不足が重なると倒れることもあるわ。もしそんな状態だったら、慌てずに糖分を取らせてちょうだい、アイスでも砂糖でも何でもいいわ。意識がしっかりしていれば救急車は必要ないけど、一応心配だから電話一本いただけるかしら？』

「は、はい、必ずご連絡します。とりあえずあの、お電話かわりますので、お願いしますっ」

春都は受話器を手に再び頭を下げると、それを管理人に戻す。

管理人は二言三言話したあとで受話器を置き、栗生美冬の携帯の番号をメモに書いて春都に渡した。

広々としたエレベーターに乗って九階に上がると、ハニカム構造の吹き抜けが眼前に広がり、共有廊下がダウンライトに照らされていた。その位置からは各戸の扉が見えないようになっており、アイアン製の門戸だけが見える。

「九〇三号室はこちらになります」

管理人に案内されて門戸に近づくと、全戸共通の部屋番号の表札が目に留まった。部屋番号の下には名前の表札を嵌《は》められるスペースがあったが、栗生は表札を出しておらず、管理人がチャイムを鳴らしても反応がない。仕方がないので予定通り門戸を開けて、その奥にある玄関扉の前まで進んだ。

扉には鍵が二つ付いており、扉の横には名前の入った表札もある。雨風に晒《さら》されない造りになっているとはいえ、扉自体も把手も表札も手垢一つ付いておらず、占有スペースであるエントランスの植物は、どれも手入れが行き届いていた。

「栗生さん、管理人です。お姉さんの承諾を得ましたので、安全確認のために開けさせていただきますよ。よろしいですね？」

管理人は厳重にビニールパッキングされた鍵を手に、扉を叩いて声を掛ける。

そして春都の前で封を開けようとしたその時、部屋の中から金属音が聞こえてきた。

「あ……っ」

春都が声を上げると同時に、把手が斜めに下がる。

それから先はスローモーションのように時間を掛けて、扉が外側に向けて開かれていった。

「栗生さんっ！」

春都はとても我慢できず、管理人にぶつかるのもお構いなしに飛びつく。

隙間が広がっていくのを待ち切れないあまり、把手を握って自分から扉を開いた。

そこには、間接照明に照らされた大理石の玄関があり、黒いロングコート姿の栗生が膝立ち状態で扉の枠に縋りついていた。革靴を片方だけ履いており、もう片方は、携帯やマフラーと一緒に転がっている。

「栗生さん……っ、だ、大丈夫ですか⁉」

「こりゃ酷い、顔が真っ青じゃないですか！　救急車を呼びますか？」

春都も管理人も栗生の状態に驚いて膝を折り、彼が倒れないよう肩や肘を支える。

管理人の言う通り彼の顔色は真っ青で、唇は紫色を帯びていた。

「いえ、大丈夫です、ご迷惑をお掛けしてすみません。糖分を取ればすぐ良くなりますから」

「本当ですか？　無理しちゃいけませんよっ」

「ええ……一人じゃないし、心配要りません」

栗生は膝立ちのままだったが、春都の腕に手を伸ばす。

コートの上から肘を握って、管理人に向けて苦笑を返した。

管理人はまだ気掛かりな顔をしてはいたが、「お姉さんにすぐ電話した方がいいですよ」と言い残して去って行く。

いつの間にか完全に玄関の中に入り込んでいた春都の手に、大柄な栗生の体重がじわじわと掛かっていった。

「栗生さん……っ、大丈夫ですか？　お姉さんに連絡するようなことになってしまって本当にすみません。どうしても心配で！　あの、低血糖になることがあるって聞きました。何か甘い物とか、探してもいいですか？　部屋に上がって、キッチンとか見ても構いませんか？」

「うん……ごめん、最悪だな……俺……今、何時？」

栗生は青ざめた顔で額を押さえ、深い溜息《ためいき》をつく。

本当に気を失っていたらしく、周囲に目を向けて状況を探ろうとしていた。

「九時半くらいです。倒れるといけないので立ち上がらないで、ここで待っててくださいね。何か糖分の高い物を持ってきますから。ちょっとお邪魔しますねっ」

春都はオートロックの掛かった扉に栗生の体を寄せて、慌しく靴を脱ぐ。

照明の落とされた廊下を進むと暗いリビングが目の前に広がり、その奥にキッチンが見えた。

春都は常灯を頼りにキッチンに飛び込んで、主照明を点けてから食品を探す。

いつも自信に溢れていた栗生が、真っ青な顔で倒れていたという事実に甚《はなは》だ衝撃を受けてはいたが、その一方で泣き笑いするほど安堵《あんど》している自分が居た。

交通事故や事件に巻き込まれたのではないか、痴情の縺《もつ》れで刺されたのではないか——と、死に繋がる想像ばかりしていたことを思うと、こうして意識のある栗生と会話ができたことが嬉しくて嬉しくて、冷蔵庫の中身が涙で滲《にじ》む。

(——……お酒と、お茶のペットボトルしかない……ホテルの冷蔵庫みたい……)

春都は眼鏡を一度外してから、手の甲でぐいぐいと涙を拭った。

独り暮らしにしては大きな冷蔵庫は飲み物だらけで役に立たなかったが、その下の冷凍庫を開けてみると、パックで小分けされた惣菜らしき物がたくさん入っていた。どのパックにも、内容と日付の書かれたメモが付いており、野菜を使った物が多いように見受けられる。

(……栗生さんの字じゃないし……掃除の行き届いたこの部屋からして……お手伝いさんとかいるんだろうな……年配の人っぽい字だし)

春都は柿本の家に居る家政婦の顔を想い浮かべ、栗生にもそういった存在がいるのだろうと判断した。母親という可能性も少しは考えたが、どことなくプロっぽさを感じられる。

そして二つ目の冷凍庫を開けると、そこにあったアイスクリームを勢いよく引っ摑んだ。

「栗生さんっ、ハーゲンダッツのアイスがありました！　これなら糖分が……っ」

スプーンを見つけて一緒に持って行った春都は、廊下の途中で言葉を切る。

栗生はコート姿で玄関扉に寄りかかったままだったが、携帯を手に通話している最中だった。

顔色は悪いものの、先程よりは若干良くなったようにも見える。

「——……うん、もう平気……ああ、うん……わかってるよ……そう言っておく。じゃあね」

春都の顔を見上げながら通話を終えた栗生は、ばつの悪そうな表情で俯いた。

春都はこの状況を、栗生にとって特別恥ずかしいことだとは思っていなかったが、彼自身にとっては穴があったら入りたいくらい恥ずかしいことなのだと——今初めて気づく。

「栗生さん、あの……アイス……見つけました」

「……うん、ありがとう……あと、姉が……桃木さんによろしくって言ってた」

「あ、はい……こちらこそ……何だか大事にしてしまってすみません」

「——……桃木さんに迷惑掛けるなって……叱られたよ。ほんと、ごめん……最悪だ……」

栗生はやはり顔を上げずに、脚を伸ばして座ったまま手だけを差し出す。

アイスクリームとスプーンを受け取って蓋を開け、まだ硬めなそれに、スプーンをガッッと刺した。早く糖分を取って復活しなければと焦っているらしく、優雅な彼らしくない仕草で、表面をせっかちに削っていく。

「打ち上げ……終わってるよね？」

「そんなこと気にしないでください。事故とかじゃなくて本当に良かったです」

「ごめん……わざとじゃないんだ、本当に……行こうと思った」

「わかってます、だから気にしないでください」

「気にするよ。社会人なんだからさ、頑張りました一生懸命やりました……そのつもりでしたじゃ駄目だろ？　結果がすべての世界なんだから」

栗生はラムレーズン味のアイスクリームを次々と口に運んで、「最悪……」と、再び呟《つぶや》く。

どう声を掛けるべきかわからずにしゃがみ込んだ春都に対し、さらにもう一言、「幻滅しただろ？」と、目を合わせずに言った。

「幻滅なんて……するわけないです。そもそもうちの仕事のせいで過度の睡眠不足になって、それでこんなことになったんですよね？」

「——睡眠不足の時に血糖値が下がり過ぎると……いきなり倒れることがあって。特に病気とかじゃないんだけど、意識して糖分を取らないといけないんだ。出掛けに眩暈《めまい》がしたから何か口にしようとは思ったんだけど、靴履いちゃったし……会場で食べればいいかなって思って」

「ところが急にバタッときちゃったんですね？」

「もう片方の靴紐を結ぼうとしたら目の前が真っ暗になって、夢の中で電話が鳴ってた……」

「睡眠不足で所構わず寝ちゃうとかはわかりますけど……低血糖なんて危険過ぎます。倒れた時に頭を打ったりしたらどうするんですか？　それに放置しておくと危ないんですよね？」

「うん……来てくれてありがとう。家政婦さんが来るの明後日だし、うっかり死んでたかも」

「……ぁっ」

アイスクリームのカップを空にした栗生に突然抱き寄せられ、春都は大理石の上に膝をつく。

氷のように冷えた唇が耳朶に当たり、彼の両手が背中に回った。

吐息まで冷たいのが、アイクスクリームのせいなのか、それとも低血糖のせいなのか心配になったが、触れ合う体は温かい。

「――……完璧じゃなくて、ごめんね」

「栗生……さん？」

春都は彼に抱き締められたまま、顔をまともに見ることも叶わないほど強く抱かれ、しばし拘束された。自由に動くことも考えることもできず、ただ動悸だけがおかしくなっていく。

（――……体、温かい……手も力強いし、大丈夫……かな？）

そのままじっとしていると、耳に掛かる彼の吐息が徐々に熱っぽくなっていき――また少し、胸を撫で下ろすことができた。

彼の言う完璧とは何だろう？　と考える余裕も生まれてきたが、そんなことよりも何よりも、栗生が今、無事な姿で目の前に居ることが嬉しい。これ以上も、これ以外も考えられないほど嬉しいというこの気持ちを、伝え切れないのがもどかしいくらいだった。

「……栗生さんが完璧だなんて、思ってないから……安心してください。僕を騙してホテルの部屋に連れ込んで態度を豹変《ひょうへん》させたあの瞬間から、イメージ崩壊してましたから」

「でも、タフだと思ってたでしょ?」

「十分過ぎるくらいタフですよ。仕事量もクオリティも半端じゃないの知ってるし、そりゃ誰だって寝なかったら倒れます。栗生さんは超人レベルを望み過ぎなんですよ」

「――望んでるのは俺じゃない、周囲の人間だよ。春都だって最初はそうだった。違う?」

「え……?」

春都は栗生に抱き止められたまま、少しずつ身を起こす。

ようやく顔を合わせた彼は、赤みの戻ってきた唇を微かに持ち上げた。

「自分で言うのも何だけど、二枚目って……イケメンて……大変なんだよ、疲れるんだ」

「そ、そうなんですか?」

「しかも俺は、ハーフだってすぐにわかる見た目でしょ? 父親はフランス人らしいんだけど、俺は会ったこともないわけ。フランス語なんて聞いて育ってないから、ネイティブ並に喋れる道理がないんだよ。英語だって自然にってわけじゃなく、努力が必要だったんだ」

「は、はい……」

栗生は先程までとは打って変わってしっかりとした口調で話しながら、それでも春都の体を摑み続けていた。両肘を握って真っ直ぐに見つめ、それ以上離れることを許さない。

「それなのに世間は俺の姿を見て、英語はもちろん堪能で、フランス語やイタリア語とかまで話せて当然みたいに思ってる。日本で日本人に育てられたのに、半分外人だからってフェミニストに違いないとかね。その上……高学歴高収入で機知に富んでて、テーブルマナーも完璧で家事もこなせて、高級マンションに住んでて部屋はモデルルームみたいに綺麗《きれい》にしてて、服のセンスが良くて、キスもセックスも巧くてタフで……って、そんな人間いると思う？」

「……っ、あ、あの……すみません、確かに、お見合いパーティーで見た時は、わりとそんなイメージ持っちゃってました。でも……でも実際、殆どそのまんまじゃないですか？　家事は家政婦さんかも知れないけど、あとはだいたいイメージ通りな気が……するんですけど」

「春都にそう思って貰えてるなら嬉しいけど、落胆されないよう努力してるんだよ。そりゃね、頑張っても届かない人間がいる中で、俺は確かに元々出来がいい方だと思う。その気になればだいたい期待通りにできるから、プライドも高くなるし、できずに足を引っ張る奴に苛立ってしまうこともある。自分でハードルを上げてる自覚もあるよ。でも俺だってたまには、できて当然じゃなく、できて吃驚、凄い、みたいな顔されたいんだよ。要するに褒められたいわけ」

栗生は何かに急《せ》き立てられるように語ると、春都の肘から片手を離す。

いつもとは違う遠慮がちな手つきで肩に触れ、そのまま頬に指先を寄せた。

春都の頬のカーブや、フェイスラインを丁寧になぞり、しみじみと溜息をつく。

「春都が喜んでくれるから、凄く……褒めてくれるから、絵を描くのが楽しかった。本当はね、依頼メールをちゃんと読んだ時点で相当浮かれてたんだよ。好きな子からラブレターを貰ったみたいにドキドキしたりしてね」

「ラブレター……？」

「差出人が春都だって知ってから読んだから余計だけど、そうでなくともあれほど熱烈に求められたら、いくら俺でも心が動くよ。それに……会って直接褒められるともっと嬉しかった。普段は知れば知るほど落胆されて、第一印象の状態からマイナスされていくばかりだからね」

「栗生さん……」

「最初からいい顔すると、本当に大変なんだよ……あとからプラスされた試しがない」

春都は栗生の瞳に映る自分の姿に気づいて、目を逸らしたくなる。

誰もが認めるイケメンな彼に、こんなふうに見つめられている状態が嘘のようで――それを喜びのように感じてしまっている自分の気持ちに当惑した。いくら魅力的でも栗生は男で――そしてゲイであり、向けられる視線は友情の類ではない。もしも友情であるならば、声を大にして貴方が好きですと言えるのに、性愛が絡んだ途端に口が頑なになってしまう。

「ああいう絵を描くの、好きじゃないって言ってたのに、楽しくなったなら良かったです」

つまらない台詞《せりふ》しか言えない自分に苛立ちながら、春都は栗生の視線に囚われ続けた。

目を逸らそうと思うのに、どうしても逃げられない。

瞳があまりにも綺麗で……その中央に映っている瞬間を逃すのが、惜しい気さえしていた。

「それでも期間が限られてるから、先の分まで描き溜めておきたくて……少し頑張り過ぎた。結局迷惑掛けてごめん。自分の許容量を把握できないのも、自己管理ができないのも、約束を守らないのも最低だ。柿本さんも怒ってたんじゃない？」

栗生は自分自身にうんざりしたように言うと、目を伏せる。

光の加減で金色に近づく睫毛《まつげ》が、寝不足の顔に濃い影を落とした。

打ち上げパーティーの会場で、Ｗｅｂデザイナーの木谷に向けた自分の言葉が、春都の頭に木霊《こだま》する。イケメン差別をしていたのは、自分も同じだった。ただ見た目が優れているというだけで、他のことまで平均以上にできて当然のように思い込み、剰《あま》え勝手にコンプレックスを刺激され、元々出来の違う別世界の人だと考えることで、自分を慰めていたようにも思う。

マイノリティーなゲイであることをオープンにして、非常に態度の悪い状態から人間関係をスタートさせようとする栗生の気持ちなど、考えたこともなかった。

「――……誰が怒ってても、関係ないです」

「春都？」

「僕が、何も言わせません。貴方は僕が守ります」

春都は自分が何を言っているのか、半分以上わかっていなかった。

それでも飛び出した言葉と共に体が動き、栗生の唇に迫る。

「……っ、ん……！」

「――……ッ」

何故こんなことをしているのかも、やはりよくわからない。

衝動的な言葉、反射的な行動――そうとしか思えない勢いで口と体が動き、唇を塞《ふさ》いでいた。

甘いラム酒の香りがするキスは、すぐに濃厚なものになる。

「は……っ、ぁ……っ」

初めてキスをした時とは違い、どう動けばいいのかを体が知っていた。

栗生が顔を斜めに向ければ、春都の顔は逆の斜めを向く。

押し当てた唇の間で舌を行き交わし、絡めながら唾液を与え合った。

こんなことが自然にできるようになっているのが不思議だったが、嫌悪感は湧いてこない。

むしろもっともっと欲しくなって、したくなって――血が騒ぎ、体が火照った。

「……ふ……ん……っ、ぅ……」

「——……ハ……ッ」

コートを肩から引き摺り落とされれば、袖から抜け出すために腕が勝手に動く。ネクタイの結び目に指を掛けられれば、シャツのボタンを外すために手が動く。服を脱ぐためにすら唇を離したくなくて、キスをしたまま一つ一つ脱ぎ捨てていった。靴もコートも携帯もネクタイも散らかしながら、扉に沿って立ち上がる。

その間すらも唇を離さず、身長差を感じた時には抱き上げられていた。


ベッドに行くまでに靴下を脱がされ、眼鏡も取られて、気づいた時には全裸になっていた。スタンドの灯《あか》りだけを点けた寝室の中で、春都は「……大丈夫なんですか?」と、掠《かす》れた声で今更なことを問う。

「大丈夫だよ、春都の期待には無理してでも応えたいしね」

「……っ、駄目ですよ……無理は、いけませんっ……そ、それに別に……期待なんて……」

「自分からキスしたくせに」

「——……ぅ、ぁ……っ!」

ふわりと軽い羽毛布団を背負いながら覆い被さる栗生の下で、春都は肌を強く吸われる。

存在感の薄い乳首の横に、くっきりと残るほどの痕《あと》を付けられた。

どのみち栗生以外には見せることのない場所で、いくら付けられても困りはしない。

いっそのこと、自分も彼にこんな印を付けてみたかった。

「栗生……さん……ぁ、待って……ください、やっぱり……」

「やっぱり……何？　やめるなんて言っても無駄だから、萎えるようなこと聞かせないでよ」

「そうじゃ、なくて……っ」

春都は組み敷かれた体勢のまま、栗生の肩を両手で押さえる。

こうしてベッドの中で重なり合っていると、初めて抱かれた時のことを想い出した。

あれから毎日のように触れられ、セックスも何度かしていたが、社内のソファーでするのとベッドでするのとではまったく違う。あらゆる情動への抑止力が弱まって、欲望が大きく膨れ上がっていた。

「やっぱり心配なので、栗生さんは横になっていてください。僕が、しますから……」

「春都……」

「頭とか、あまり動かなさい方が、いいと思うんです……だから、僕が……」

春都の体を愛撫していた栗生は、顔を上げるなり目を瞬かせる。

あまり驚かれると恥ずかしさが増してしまい、春都は熱くなるほど頬を赤らめた。

糖分を取ったとはいえ過度の睡眠不足には変わりない栗生の身が心配だったが、脚には硬く張り詰めた物が当たっている。

この行為を中断する必要性は感じられず、自分としても、中断できる自信がなかった。

「——……んっ、ぅ……ふ……ぅ、っ」

春都は栗生と上下を逆転させるなり、仰向けに寝た彼のペニスを口にする。

この行為は、彼が打ち上げに参加することを条件に行う筈のものだったが、そんなことさえどうでもよくなっていた。

「春都……っ、どうして……」

「……く、ふ……ぅ、ぐ……」

どうしてと問われて、改めて考えてみると答えが見えてくる。

彼が一月以上も前から、して欲しいと望んでいて……未だに忘れていなかったことだという事実が、一番重要に思えた。彼が求めていることをしてあげたくて、それができていることに悦びすら感じる。自分と同じ性別の……男の昂《たかぶ》った性器を舌で舐《な》めてしゃぶって、口に含んで手指を使って扱《しご》きながら、自分自身も猛っていた。

「は……っ、ぁ……ぅ、ぁ……っ」

快楽よりも深い充実の最中にあった春都は、栗生の手で体を横に引っ張られる。

彼が何を求めているのかすぐにはわからなかったが、体の向きを変えて、膝を浮かすように促されていることに気づいた。些か抵抗しても無駄に終わり、ベッドマットに横っ腹を当てた状態で片足を持ち上げられてしまう。

「——……栗生さん……ゃ、こんな……っ、は……恥ずかしい、です……」

「暗いから平気だよ。むしろ会社でする時の方が丸見えだ」

「……っ、でも……」

これがいわゆるシックスナインか……と、知識ばかりはついて行くものの、実際にしていることに狼狽えて、少しはあった余裕が削ぎ落とされていく。身長差があるためにペニスを舐められるわけではなく、尻を眼前で割られることが恥ずかしかった。

「うぁ……っ、ぁ……ぅ！」

横に寝て枕から頭を浮かせた栗生は、春都の尻を摑んで狭間を暴く。

そこを舌でたっぷりと愛撫して、ローションを垂らすなり指を挿入した。

「——……んぅ、ふ……っ、ぅ……っ」

一方的に快楽を与えられる悔しさと恥ずかしさを紛らわせようと、春都は再び栗生の性器にしゃぶり付く。そうでもしていないと耐えられず、布団を捲《めく》って、反り返りをピチャピチャと舐めては吸い、舌に乗ってくる先走りも……こくりと飲み干した。

「……ハ……ッ……」

「……ぅく……ぅ、んっ、ぅ……」

栗生の歯や唇や舌が尻のカーブに当たり、指はローションと共に体内に入り込んでくる。

彼の好みだという小尻の肉を、かぷかぷと何度も甘嚙みされると、またしても快楽を上回る悦びに晒された。

「――……は、ぐ……ぅ、っ」

「……ッ」

「んぅ……ぅ、っ……」

口の中の物が、舐めれば舐めるほど大きく、硬くなっていくことも嬉しくて堪らない。

自分が彼を感じさせていること、自分の体に欲情して貰えること――その感動に心が満ちて、息苦しい行為さえ幸福に感じられる。

「……ぁ、ふ……ぅ……栗生、さ……っ」

「春都……っ」

お互いに限界だと察して、春都は慌ただしく身を起こした。

彼の舌や指で拡張された部分が疼《うず》いて、穿《うが》たれることを望んでいる。

仰向けに寝直した栗生と向き合い、厚い胸に手を突いて膝を浮かせた。

ウエスト部分を跨《また》いで、彼の腹部に蜜《みつ》を滴らせる淫猥《いんわい》な自分のペニスを見下ろしながら――そのさらに下へと手を滑り込ませる。

「――……っ、ぅ、ぁ……！」

ローション塗れの後孔に触れ、指で大きく開かせた。

栗生も自身の猛りを握って、より早く一つになれるよう春都に向ける。

繋がるようにはできていない筈の器官が、栗生の雄を喜び勇んで迎え入れた。

不自然な結合だとは少しも思えないくらいに、体が彼を求めている。

「う、ぁ……ぅ、ぅ……っ」

「――……春都……っ、そんなに……一気に入れて……平気？」

「腰……突き上げ、たり……しないで……ください、ね……ゆっくり、するので……」

「何だ、駄目なの？　今しようと思ったところだったのに」

「駄目……です、今はまだ……駄目……っ」

春都がそう呟くと、見上げてくる栗生が「あとでならいいんだ？」と言わんばかりに笑う。

そんな彼を少しくらい裏切りたくなったが、繋がりたい欲求を抑えることはできなかった。

いくらか痛みはあっても、内壁を擦られる快感と比べれば些細なもので――腰を落とすのも、徐々に早くなってしまう。

「ふぁ、っ……ぅ、ぅ……あっ！」

「――……ッ、ハ……」

「う、ぅ……くぅ、っ」

太い根元に拡げられた後孔が、無理だと叫ぶように軋《きし》む。

栗生のペニスは早速達きたがって脈打ち、春都の内部に律動を伝えていた。

硬い先端で前立腺をごりごりと刺激されると、春都のそれもまた硬くなって、昂りから白濁混じりの蜜が滴る。

「は……ぁ、は……っ、ぁ……っ」

「……春都……っ、凄い……搾り、取られそう……」

春都は両手を栗生の胸に押し当てながら、腰を前後に揺さぶり続けた。

栗生の声が全身を駆け抜ける愛撫のように作用して、体の芯が熱を帯びる。

「――……栗生、さ……んっ、ぅ……あぁ……ぅ、っ」

「……ッ！」

腰の動きを一旦止めて深く捩じ込ませると、栗生の両手で尻臀《しりたぶら》を摑まれた。

腰ごと引き寄せられて体が沈み、彼の胸に手を突いていられなくなる。

「は……っ、ぅ、ぁ……ぁ」

「……っ、苦しい……くらい、だよ……深い所で、きつく……締められてる……」

「栗生……さ……ん、の……熱い……っ」

「春都の中も……凄いよ……熱くて……火傷《やけど》しそう……っ」

「——……っ、ゃ、ぁ……ぐりぐり、当たっ……て……！」

淫《みだ》らな息をつきながら、春都はベッドマットに両手を当てて崩れた。

その途端、栗生の腰が下から上へと動き出す。

「ふぁ、ぁ……あぁ……っ！」

「——……ハ……ッ、ア……」

「う……っ、ぁ……ぅあぁ！」

硬い肉の張り出しで、ずくんっと最奥を突き上げられる。

上下前後に揺さぶられた春都は、蕩《とろ》けるような感覚に正気まで揺さぶられた。

ゆらゆらと動いて歪《ゆが》む眼下に、美しいラインを描く栗生の鎖骨が見える。

堪らなく痕を付けたくなり、気づいた時には夢中で唇を当てていた。

「う……っ、ぅ、ん……つ……っ」

「——ッ」

平均的な日本人男性よりも白い肌を、強く強く吸う。

最後に一舐めしてから顔を上げると、薄暗い部屋でもはっきりとわかるくらいの痕が見えた。

低く呻いた彼の欲望が体の中で一瞬震え、またしても悦びが駆け抜ける。

「んぅ……っ、は、ぁ……っ、あぁ……っ！」

「――……春都……！」

「栗生……さん……っ」

「春都、名前で……俺のこと、名前で呼んでみて……」

「――……秋仁、さん？」

照れて疑問符を付けてしまったものの、それでも彼は嬉しそうに笑った。

繋がったまま互いに腰を押し寄せて、見つめ合う。

「あ……ぁ、ぁ……」

「――……春都、っ」

「は……ぅ、ぁ……秋仁……さ……っ、ふっ、あぁぁ――っ!!」

重く突き上げられ、撹拌《かくはん》するように動かれると、恥らう余地もなく嬌声《きょうせい》が漏れてしまった。

体の中に彼の一部が存在して、それが猛っていることに幸せを感じる。

他人の体をこんなにも愛しく思ったことは、これまで一度としてなかった。

《十》

栗生のマンションは都内でも有名なデザイナーズマンションで、彼自身が多大な影響を受け、師匠とも呼べる人がデザインしたマンションだった。バスルームからは夜景が見え、生活感を極力排除した近未来的な造りになっている。

「お掃除、行き届いてるのは家政婦さんのお蔭ですか？　冷凍庫の中も凄かったですね」

栗生と一緒にシャワーを浴びた春都は、彼のバスローブを借りて鏡の前に立った。

タオルドライした髪を指で梳《す》かしながら、騒ぎ続ける心音を落ち着かせようとする。

「掃除はメイドサービスだよ。冷凍庫にあった食べ物は実家の家政婦さんが作ったやつ。母が作ったのも交じってるかも。俺は一応料理もできるんだけど、忙しくて手が回らないのがバレてるから問答無用で配達されちゃうんだ。予《あらかじ》め言っておくけど……マザコンでもシスコンでもないんだよ。いくつになっても子供扱いされてるだけ」

「愛されてるんですね……」

「――まあ……年の離れた末っ子で、唯一の男だからね。その代わり大変な面もあるよ。パーティーでエスコートしろだの買い物に付き合えだの、恋人役を演じろだのと……いつも便利に使われてる。さっきの姉には、デザインやらイラストまで押しつけられてるしね」

栗生は鏡越しに話しながら、ワッフル仕様のタオルで濡れ髪を拭いている。

初めてホテルで過ごした時のことを、春都は一つ一つ想い浮かべて比較していた。

あの時とは違って酒が入っていないのに、動悸が激しく、いつまでも火照りが引かない。

栗生の動作を録画するように記憶してしまい、その姿から目が離せなかった。

「そう……ですか、あの……このマンション……大理石が、たくさん使われているんですね」

「ん？　ああ、そうだね、高級感が出るし、見た目には温もりがあるから。でも滑るから結構危ないんだ、足元にはあまり使わないように設計されてる。玄関くらいかな？」

「凄く、素敵なマンションで……お洒落で、何だか緊張します」

「慣れて居心地が良くなるくらい、頻繁に来て欲しいな」

「——……」

春都は栗生の言葉に返事をせず、沈黙のまま眼鏡を掛ける。

天然石の二つのボウルが並ぶ洗面台には、大きな鏡が取りつけられていた。

そこに映る自分と栗生の姿を見ていると、胸が痛いほど締めつけられる。

ハーフの超イケメンとお似合いとは言えない、眼鏡着用で冴えないオタクな自分——でも、彼は自分のことが好きらしく、自分も彼が好きだと、今は認めざるを得ない。

(——さっきまでは、凄く幸せだったのに……この人を、守りたいとさえ思ったのに……)

鏡に向かいながら髪を梳かし続けた春都は、どうしようもない焦燥に駆られる。

曖昧《あいまい》だった時や、自分を誤魔化せているうちは楽だったのだと、気づいてしまった。

彼がイケメンで、自分よりもずっと高収入でレベルの高い人間だとしても……お互いが好きならそれでいいと思える。そんなことは乗り越えられる格差だと、確固として思える。けれど決して乗り越えることができない問題が、一つだけあった。

「春都……」

黙っていたせいか、後ろから抱き締められる。

両腕ごと体を包み込まれ、栗生の温かな胸の中にすっぽりと納まった。

鏡に映る彼の鎖骨には、内出血の赤い印が付いている。

「——俺と、真面目に付き合わない?」

耳元に直接注がれた言葉は、シャワーを浴びている最中から予期していたものだった。

栗生がそう言いたがっている空気を感じていた春都は、無関係な会話が止まって——本当にそう言われてしまうことを恐れて、先程からずっと喋り続けていた。けれど遂に沈黙したため、結局は隙を突かれて言われてしまった。

「期間限定とか交換条件とかじゃなく、ちゃんと付き合いたい。セクハラ紛いなことをして、悪かったと思ってる」

後ろから抱き締められたまま囁かれ、春都は眼鏡の奥で瞼を閉じる。

胸の中から言葉が溢れてきそうなほど、彼のことを好きだと思った。

こうしている今も甘い恋情に取り込まれて、幸福と絶望の間をゆらゆらと揺れてしまう。

たった一言、「はい」と答えたなら、しばらくは……もしかすると今後何年かは、幸せに過ごせるのかも知れなかった。

「――……真面目に付き合って、それで……どうなるんですか？」

春都は通常の何倍も重く感じる瞼を上げて、レンズの向こうの鏡を睨む。

そこに映っている栗生は、鏡越しではなく直接、春都の横顔を覗き込んでいた。

そして鈍重に顔を上げ、姿勢を戻し、抱き止めていた体から両腕を離していく。

「それで……どうって？」

「僕は、栗生さんのことが好きです……正直に言って、セックスするのも嫌じゃないし、凄く好きなんだと思います。でもこのまま僕と貴方が付き合って……それでどうなるんですか？」

「春都……」

「――今はまだ二十五で、貴方も二十八だからいいです。でも夢中で仕事してたら四年なんてあっという間みたいなものでした。貴方と付き合って、一時は楽しいかも知れない。ますます時間が早く過ぎていくかも知れない。それで気づいた時には三十代になってて……」

春都は鏡の中の栗生の顔が、強張っていることに気づいていた。けれど、走り出した言葉は止められない。たとえ今、傷ついても悲しくても——何年も無駄に過ごすよりはずっといいと信じて、さらに言葉を紡いだ。

「どんなに真面目に長く付き合っても……男同士で結婚することはできないし、僕達の間には子供も産まれません。貴方のことは好きですが、僕は自分の人生設計を崩したくないんです。だから、お付き合いはできません」

春都は鏡に向かって言い切ったあとで、踵《きびす》を返す。

二十センチ以上も高い栗生を直に見上げながら、一文字に結ばれた唇が動くのを待った。

彼の真摯な告白に対して、残酷なことを言っている自覚はある。

その代わり、厳しい罵倒《ばとう》を浴びせられる覚悟はしていた。

嫌われてもいい、最悪殴られてもいい——それでも、自分の生き方は曲げないと心に決めて、容赦なく放った言葉だった。

「人生設計って言うけど、恋愛経験もないまま二十五で婚活して、運命の女を見つけてからの話だろ？　自分の意思だけじゃなく、相手があることだ。仮に……これって思える相手が見つかって結婚して子供を作ったとして——それで幸せになれると思ってるなら考えが甘いよ」

「……っ」

「俺はゲイだけど、少なくとも春都よりは何十倍も女を知ってる。あのさ……ちょっと人より収入がいいからって、仕事ばかりしてて許されると思ってるの？　結婚前にそれを条件にして相手を見つけたからって、それが永遠に有効だなんて信じてるなら、女というより人間自体をわかってなさ過ぎるよ。結婚前の約束なんて、入籍した途端にガタガタと崩れていくんだよ。ましてや子供なんか生まれたら、女は強く厚かましくなる。結局、男は女には敵わないんだ」

栗生は表情をあまり変えずに、淡々と話し続ける。

春都の心臓はすでに抉《えぐ》られ始めていたが、彼の言葉を阻止する権利も術も、持ち合わせてはいなかった。

「春都にとって一番大切なのは仕事だろ？　ゲームを作ることをやめられず、集中したらその世界に頭が行ってて、声を掛けられても気づかないレベルまで陥ってしまう。何日も眠らず、家にも帰らない。そういう人間は子供を持ったからといって変われるものではないし、もしも変わったとしたら仕事の方に悪影響が出てくる。すべてを手に入れられる人間は……一握りの幸運な天才だけだ。自分がそうだっていう自信や根拠がある？」

「――……そんなのは……っ」

「ないだろ？　だったらどうなるか教えてあげるよ。君の奥さんは金を出すだけの夫に愛想を尽かして、子供を連れて実家に帰るだろうね。賢い女なら、その時点では浮気をしない。非を君になすり付けて慰謝料や養育費を請求し、最大限絞り取る算段が付いてから新しい男を作る。君は孤独になって金だけ奪われ、傷ついて仕事にも集中できなくなり、すべてを失う」

「いい加減にしてください！　なんでそこまで言われなきゃいけないんですかっ⁉」

春都は栗生と一定の距離を置いたまま、徐々に冷えていく洗面室で身を震わせる。

いつの間にか掌に爪が食い込んでいたが、感じる筈の痛みさえ感じられなくなっていた。

「普通であることが幸せだと思い込んでいる――いや、思い込もうとして自分を捻じ曲げてる。そういう夢見がちな人種に腹が立つんだよ」

「……だからといって、普通に幸せになろうとする僕の未来を、否定しないでくださいっ」

「普通がそんなに大事？」

「大事ですっ、栗生さんに僕の何がわかるんですか⁉　貴方には心配してくれる母親がいて、お姉さんが三人もいる。お姉さん達が結婚してるのか子供がいるのか知りませんけど、たとえ今いなくてもいつか甥や姪を持てるかも知れない。ゲイだからって、貴方は天涯孤独じゃないでしょう⁉　でも、僕は違います……離婚した両親は新しい家庭のことだけ考えたくて、僕には連絡先すら教えてくれない。向こうも知らないから、すでに死んでてもわからない。祖父母が相次いで亡くなって、独りになった時に決めたんです。僕より長く生きて、最期を看取ってくれる人が欲しい。独りで死にたくないって……そう思ったんです！」

叫ぶように言い終えたその瞬間、春都は栗生の手で両肩を摑まれた。

腰が洗面台に乗り上がるほど強く押され、彼の手ごと後方の鏡に肩をぶつける。

「……っ、ぅ」

迫ってくる栗生の表情は、背中で感じる鏡の温度のように冷たかった。

それでいて双眸《そうぼう》は、ぞっとするほど激しい憤りを孕《はら》んでいる。

「その考え自体が——古くて甘いんだよ。女は子供を産ませるための道具じゃないし、子供は自分を看取らせるために作るものじゃない。君が欲してるのは妻や子供という記号であって、それは君の中で、血の通った生身の人間になってないんだ。人生はゲームのようには設定できない。相手があるっていうのは、そういうことだろ？　だから……だからこそ……」

「——……栗生、さん……？」

「初めて本気で好きになった相手が、自分を好きになってくれること——それは奇跡みたいな話なのに！」

初めて声を荒げられ、春都は限界まで目を剝く。

これまで見たこともないほど苦しげな顔をした栗生が、至近距離で唇を嚙み締めていた。

整った歯列が、淡い色の唇を真っ白に変えている。

それがようやく離れた時、唇は色を取り戻しながら動きを再開させた。

「君は俺を好きだと言った。俺も君のことをどんどん好きになる、運命だと思ってる。こんな奇跡を無駄にしてまで普通にしがみ付きたいなら、好きにすればいいよ。俺も――君を切る」

「……ぅ……っ」

宣告と共に唇を塞がれ、春都は後頭部を鏡に打ちつける。

舌を捩じ込まれそうな勢いでありながらも、キスが深まることはなかった。

目を閉じてじっとしていると、唇や肩に震えが伝わってくる。

自分が震えているのか栗生が震えているのか、いくら考えてもわからなかった。

おそらく二人共震えているのだと悟った瞬間――キスが終わって、手も離れる。

その代わりのように額と額がこつりと当たり、栗生が眉間に皺を刻むのが感じ取れた。

「……どうしても俺じゃ駄目なら、今すぐ別れてくれ。中途半端は嫌いなんだ」

額から伝わる熱と、冷たい鏡の感触に挟まれながら――春都は嗚咽《おえつ》を殺す。

幸福と絶望の狭間を行き交っていた心は、絶望の方へと完全に落ち切っていた。

レンズの奥の瞳は強《したた》かに濡れ、手で押さえ込んだ口からは悲痛な声が漏れてしまう。

心臓の鼓動と共に胸や肩がひくひくと震え、涙が止まらなかった。

「――……っ、わ……別れ……ます……」

自分の声とは思えないほど裏返った声が、すっかり冷えた空間に響く。

こんな時を迎えるために出逢ったのかと思うと、過ごした時間が悲しくてますます泣けた。

もしも記憶を持ったまま時を遡《さかのぼ》れたのなら、自分はどうするのか、そんなことを考えながら栗生の体を押し退けて、洗面台から飛び下りる。

「……っ、ぅ……ぅ……」

春都は慌しく寝室に向かい、散乱した服を無心で拾った。

リビングから続く廊下に出て、さらに衣服を拾っていく。

終着地である玄関のセンサーライトは消えており、暗闇の中に放置されている二つの携帯が、色づくランプを点滅させていた。

(──……もしも今の記憶を持ったまま過去に戻れるなら、限られた時間をもっと……もっと恋人らしく過ごしたかも知れない。でも最後はきっとこうなる……同じ選択になる……)

春都が玄関に近づくと、センサーライトが灯《とも》る。

そこで下着を穿いてバスローブを脱ぎ、シャツもスラックスも元通り身に着けた。

眼鏡をぐっしょりと濡らすほどの涙が溢れているのに、体は黙々と動く。

指は勝手に動き、いつものベルト穴に金属のつく棒を通し、ネクタイも正確に締められた。

祖母が死んだ日の夜、座卓の上にあった蜜柑《みかん》を無意識に食べていた自分に気づいた時の驚き、そして失望に──嫌というほどよく似た感覚だった。

《十一》

ハニカム構造の吹き抜けを駆けるエレベーターに乗り、春都は独り、一階へと降りて行く。

栗生の部屋を飛び出した途端に顔つきが変わって、涙も一応止まった。

自分は社会人であり、男であり、外で泣いていてはいけないと思う気持ちが働いている。

人は誰しも社会の中で自分というキャラクターを演じているのであって、素のままに生きていくことなど不可能だと思った。

ゲイだとカミングアウトして生きている栗生にしても、外見から期待されるキャラクターをあえて裏切ろうとして、生来の性格を上回るほど態度を悪くし、偽っている部分がある。

柿本にしても、外では下ネタも口にして女遊びもする今時の男だったが、旧家である実家に戻れば、驚くほど折り目正しい御曹司に切り替わる。

(──……僕は、オタクで……その上ゲイになる素質もあったのかも知れないけど、それでも普通を演じて生きていく。一時の感情に流されて簡単に目標を見失うくらいなら……わざわざ結婚相談所に登録したり、お見合いパーティーに行ったりしない。僕は本気で、普通になる)

春都は携帯を手にしたまま、開いたドアの向こうへと足を踏み出す。

柿本からの着信履歴やメールが溜まっていたが、見る気になれないままホールに向かった。

会ったら挨拶しなければならない管理人は不在で、フロントには休憩中の札が立ててある。警備員にも世話になったが、交替したらしく別の人間だったので、会釈だけで済ませた。

巨大な自動ドアが開き、外に出ると小雨が降っていた。

緑豊かなエントランスに建つ時計塔が、午前零時を告げている。

春都はコートの襟元を寄せながら時計の針を見て、丁度いいと思った。

この瞬間を境に栗生との関係を終わらせて、何もかも元に戻す。

結婚や離婚をして籍を汚したわけでもなければ、子供を作ったわけでもない。

自分はまだ普通の世界に戻れると、呪文のように言い聞かせた。

「桃木っ！」

小雨の中を数歩進んだ所で、背後から聞き慣れた声がする。

振り返ると同時にエンジン音が聞こえ、車のライトが白く光った。

「……先輩？」

眩《まぶ》しくて車種はわからなかったが、白い光の中に雨が線を描くのが見える。

車はゆっくりと発進し、春都の真横にやってきた。

まだ栗生のマンションの敷地内で、近くに車はなかったが、急かすように「早く乗れ！」と怒鳴られる。

車は柿本の物で、国産の黒いセダンだった。

マッサージシートやシアターサラウンド付きの高級車だが、外車のような派手さはない。見栄よりも中身や利便性を重視できる、富裕層の人間らしい愛車だった。

「――……先輩、すみません……連絡もせずに……」

ここで自分を待っていた柿本を無視できる筈もなく、春都は助手席に乗り込んで謝罪する。

その途端に後頭部を叩かれたが、下から上に滑るような手つきだったので、痛くはなかった。

柿本は言いたいことがたくさんあり過ぎて、選び切れない顔をしている。

眉間には縦皺が寄り、潔いラインを描く筈の眉が波打っていた。

「……っ、栗生から電話があった。たった今だ」

「！」

「体調不良で打ち上げに行けなくて悪かったと、普通に謝られて拍子抜けした。明日からは、外注らしく自宅勤務でやりたいと言ってる。担当はお前以外なら誰でもいいと言ってきた」

柿本は荒々しい声で言うなり、車を発進させずに春都の髪を掴む。

先程触れた辺りを大きく掴んで、濡れていることを確かめるように触った。

「何で髪が濡れてんだ？　石鹸だかシャンプーだかの匂いをプンプンさせて……っ、どういうことなんだ？　栗生が女役だとか言ってたのは嘘か⁉　俺を騙したのか⁉」

「――……すみません……全部、話しますから……怒鳴らないでください」

春都は重く伸しかかる憂いに息をついて、自分の膝を見下ろす。怒っている柿本の顔を見ることよりも、泣き出しそうな自分の顔を見せることが、嫌で堪らなかった。

左手にあるシートベルトに手を伸ばし、速やかに引っ張って嵌める。

そうすれば柿本が車を出してくれて、ここから早く去れると思った。


代々木《よよぎ》公園の近くにあった栗生のマンションから、世田谷《せたがや》に向かって行く道すがら、春都は栗生との成り行きを柿本に話した。お見合いパーティーで何度か面識があったこと、間違いで女性とマッチングして部屋に連れ込まれそうになったこと、栗生に助けて貰ったこと――その先は、「酔った勢いで何となくそういう雰囲気になって、やってしまった」とだけ話したものの、どちらが抱かれる立場だったのかも、栗生が無理やり迫ったことも、柿本には読まれている気がしていた。

「それで――最初は遊びっぽかったゲイの男に真面目に付き合おうって告白されて、『好きだけど、子供が産めないアンタじゃ駄目だ』って言って振ってきたわけか」

「ち、違います……そこまで言ってません」

柿本は深夜の首都高を走らせながら、ちらりと視線を向けてくる。

実際には優しいわりに、物言いのきつい男ではあったが、今の口調と視線の厳しさは過去に覚えがないほどのものだった。

「同じことだろうが、お前な……それは酷いぞ。そんなこと言って振るくらいならセックスも嫌々してろよ。セクハラされて嫌で仕方ないって態度を通してたんなら、何を言ったっていい。けどな、自分から心配して押しかけて行って、合意の上でやっといてその振り方はないだろ」

「――……っ、でも……好きなのは本当だし、そこは正直でありたかったからっ」

「それは振る側の傲慢《ごうまん》だ。振る時に好きなんて言うな、バレバレでもそこは認めずに拒絶しろ。中途半端に望みを残して相手の傷を長引かせるなら、追われる覚悟はしておけよ」

「先輩……っ」

「オタクだってことや身内に恵まれないことで、お前が『普通』に固執してるのはわかってる。俺はオタクでもないし身内にも恵まれてる方だから、その件については口出しできなかった。結婚して子供を作って足元を固めたいと思うのも、老後のことを考えるのも人間として当たり前のことだし、そういう人間が増えなきゃ日本はお先真っ暗だ。恋愛感情なんていつ消えるかわからない不確かなものに、身を任せられない気持ちは理解できる。まして相手が男だったら尚更だ。でもな、だからといってお前がゲイの男を傷つけていいわけじゃない。お前の最低な振り方で、向こうは今のお前の何倍も傷ついてると思っておけ」

「――……っ」

柿本の言葉は脳に直接タイピングされ、一言一句忘れられないほど明瞭に書き込まれる。

春都は何一つ言い返せず、スラックスに包まれた膝に爪を食い込ませた。

車は用賀《ようが》で首都高から下り、そのまま瀬田《せた》方面へと向かって行く。

零時を過ぎてもそれなりに車のある一般道は、スターバックスやレストラン、住宅展示場に挟まれており、対向車線のライトが眩しかった。

「……っ、まったく腹の立つ。何で俺が恋敵の肩を持たなきゃならないんだ」

「――……え？」

しばらく間を空けて聞こえてきた言葉に、春都は顔を横向ける。

柿本は鼻筋の通った――それでいて日本人らしい横顔を見せたまま、おもむろに口を開いた。

「俺は人並以上に裕福な家に生まれたし、そのくせ親はおっとりしてて甘いから、ゲーム業界だろうが何だろうが好きにさせて貰えてる。恵まれた星の下に生まれたと思ってるし、努力もしてきた。けど何もかも手に入るわけじゃない。俺が惚れた奴は、もう八年も一緒に居るのに俺の気持ちなんかお構いなしだ。ありきたりな結婚にこだわってるからしょうがないと思って諦めてたら、突然現れたゲイに食われるしな」

「……先輩……な、何ですか……それ、もしかして……僕のことですか？」

「もしかしなくても、お前のことだ。酔わせて抱いて手に入るんなら、遠慮せずにそうすりゃ良かった。なまじっか先輩先輩って可愛く懐かれただけに踏み出せなくて——寝顔にキスして終わってるとか、馬鹿か俺は」

春都は思いがけない言葉に閉口し、無意識に唇を押さえた。

柿本が自分に好意を寄せていることはわかっていたが、それは同性の兄弟がいない彼にとって弟を可愛がるようなものなのだと、勝手に解釈していた。だから自分も彼を実の兄のように慕って甘えた方が、バランスが取れていいのだと——本気で思っていた。

「俺が言いたいこと、わかるか？」

「……っ？」

「もっとも惚れた相手の一番になれることは、当たり前のことじゃないんだ。お前があの男に惚れてて、アイツも真面目に付き合いたいって言ってるなら、せっかくの縁を無駄にするのは勿体ないと思うぞ。まだ出逢ってもいない女とのどうなるかわからん結婚より、遥かに価値があるんじゃないのか？　しかも初恋だろ？」

「——……初……っ、まあ……そうですけど……でも、男同士なんですよ……」

「お見合いパーティーの最後には、マッチングカードってやつを提出するって言ってたよな？お前は一月半以上じっくり試して、性別を超えられるほどのカードを手に入れたんだ」

「それは……結婚に繋がらないカードです。男が男の番号を書いても、成立しません……」

「そうだとしても、俺が一番欲しかったカードだ。八年間ずっと、お前のことだけ見てきた」

「先輩……」

「本当に捨てていいのか、もう一度じっくり考えろ。栗生が本気なら、まだチャンスはある」

国道二四六号線を横切る車内で、春都は再び髪に触れられる。

いつも高品質で香りの良いシャンプーを贈ってくれた柿本の手は、くしゃくしゃと無造作に髪を乱すだけだったが——ハンドルを握るために離れていく時は、どこか名残惜しそうだった。

柿本の気持ちに気づかなかった自分が薄情に思えて堪らず、春都は口の中で何度も何度も、奥歯を軋ませる。

「——……こんなに鈍感で……無神経な僕に……チャンスなんて……」

「フォローは早めにしておいた方がいいぞ。俺みたいに女を抱いて気を紛らわすようなタイプかも知れないだろ？　アイツの場合は男になるんだろうが、もう関係ないから勝手にしろって思えるか？　どうでもいいって思えるか？　思えないなら何とかしろ。あの顔でその気になったら慰めてくれる相手なんかいくらだっている筈だ。ボケッとしてると寝取られるぞ」

「……っ」

春都はヒーター付きのシートの上で身を竦め、栗生の寝室のベッドを想い浮かべた。

独り寝は淋し過ぎるキングサイズのベッドに、今頃誰かが招かれているのではと考えると、胸の奥が――針で引っ掻かれるように痛む。

「殆どの人は……結婚して普通に家庭を持てる筈なのに、どうして僕にはそれができないんでしょうね……同性を好きになるなんて計画外の出来事が、何だって起きちゃうんだろう……」

「大抵の人間は好きな奴には振られるもんだ、自分はラッキーだと思ってろ。それに予想外のトラブルだのイベントだのは、お得意のゲームの中でも起きることだろ？」

「それは、そうですけど……」

「恋愛イベントなら大いに結構じゃないか。だいたいお前は男なんだ、しっかり稼いでおけば二十年後だって結婚できる。男の二十五なんてガキと一緒なのに、老後のために生きるなんてつまらないだろ？」

「――確かに……そう……ですね……あと、先輩って……やっぱり凄く、いい人ですね……」

「いい人じゃなく、いい男って言え。それと、誰も貰い手がいなかったら俺が貰ってやるから心配するな。俺はかなり好条件な男だと思うぞ」

軽口を叩いて笑った柿本は、マンションへ続く道へと車を進める。

春都は最後まで涙を見せないようにすることに必死で、別れ際すら目を合わせられなかった。

《十二》

二子玉川《ふたこたまがわ》駅から徒歩五分の賃貸マンションの一室で、春都はパソコンの電源を入れる。

パソコンで何をしようとも思わずにそうしてしまうのは、習性のようなものだった。

栗生のマンションとは違って二間しかない部屋のメッセージボードに、留守中に来たメイドサービスからの報告メモが貼ってある。

掃除した箇所や洗濯に関する連絡などを、箇条書きにしてあるだけのものだった。

（――お惣菜なんて、お金さえ出せば無添加でいい物が買えるのに……栗生さんのお母さんは息子にそうさせない。いい年になっていても、別居していても、成功してお金を持っていても関係なく、愛情を向けるんだ。お姉さん達もおそらくそんな感じで、あの人を愛してる……）

メイドサービスの中年女性が書いた文字には、当然愛情などない。

月四回、一回三時間、月額四万円で購入している労働に過ぎなかった。

（――……栗生さんと違って僕が兄弟を持てず……親の愛情も得られなかったのは事実だけど、現状せっかく感じている幸せを金繰り捨ててまで不確かな未来を追いかけるのは、それはもう、青い鳥症候群だ。栗生さんの言う通り……僕は自分を捻じ曲げてる……やっと、泣けるくらい心揺さぶられることができて、愛しいと思える人ができたのに――何をやってるんだろう?）

春都は着替える気力もなくエアコンのスイッチを入れ、コートを着たままデスクに向かう。

薄暗い部屋の中にパソコンの画面が四角く浮かび上がり、ＯＳの起動音が響いた。

パスワードを入力していると、普段感じることのない鈍痛を頭に覚える。

激昂して泣いたせいだと気づいて、こめかみを揉むようにしながらブラウザを立ち上げた。

ホームは大手検索サーチのトップにしてあったが、お気に入りバーには自社のゲームのログイン画面が登録してある。

（――……栗生さんと一緒に作ったゲーム……僕の理想のスプティ……）

春都はスプティにアクセスすると、指が動くままにユーザーＩＤとパスワードを入力した。

テストのために作った春都のアバターは、アカウント名が『ペスカ25』となっている。

つい先日テスト用の課金をしたばかりで、二十万円相当の仮想コインの残高と共に、春都の作ったアバターが表示された。

赤いナイフを両手に四本ずつ持った少年で、忍者服に近いコスチュームを身に着けている。

一般人は自分を模したアバターからスタートすることが多いが、オタクは自分よりもむしろ、好きな漫画やアニメのキャラクターを再現することに嵌りやすい。春都も自分に似せたものを作る気はまったくなく、テストアバターでありながらも、自社のゲームの人気キャラクターを模したアバターを作っていた。

『――……こういう感じのナイフを描けばいいの？　赤なんだ？』

『ええ……でも赤一色だと元ネタがバレバレなので、四色展開にする予定です。このキャラは両手に三本ずつ持っていますが、スプティのアイテムとしては各四本でお願いします。模様もあまり似過ぎないようにしてください』

『自社のキャラクターなのに、元ネタがバレちゃ駄目なの？』

『はい、来年の春頃にコラボ企画をする予定なので、そっくり同じ物はそれまで出しません。だから今の段階では、何となくそれっぽい感じの恰好ができる程度が望ましいんです』

自社のゲームキャラクターの資料を栗生に見せた時のやり取りが、まざまざと蘇《よみがえ》ってくる。

オタク系のユーザーがアバターを使って疑似コスプレできるように――そしてそれに必要なアイテムの取得に夢中になって課金に走るよう、人気ゲームや漫画、アニメに登場する人物の造形や所持品に、少しだけ似せたアイテムを用意する必要があった。

その戦略の必要性と、人気アイテムについて説明している際に、栗生は感心したような顔で笑って、「意外とやり手だね」と言いながらサラサラとペンを動かした。

プライドの高いデザイナーの場合、こういった作業は嫌がりそうなもので――内心、サブに頼むべきかと思いながら話を持ちかけた春都だったが、栗生は乞われるまま描き、どことなくそれっぽく見せながらもそっくりではないという、丁度良い匙《さじ》加減の仕事をしていた。

（――僕が喜ぶから、嬉しいって言ってた……もっともっと喜んで、凄い凄いって、しつこいくらい称賛すれば良かった。あんまり言い過ぎてウザいんじゃないかと思ってたのに……）

春都は豪華な可動アイテムを背負い込んで派手に輝くキャラクターを前に、唇を噛み締める。

それでも手は勝手に動いて、一般ユーザーの多くがそうするように、自室への入室ボタンをクリックした。

インテリアも忍者系のキャラクターらしく充実している『ペスカ25の部屋』が表示され、和室が目の前に広がる。

インテリア関連のアイテムは栗生の担当ではなかったが、「こっちが本業なんだから少しは描かせて」と言って彼が描いたモダンなベッドが、敷き詰められた畳の上に違和感を醸《かも》し出しながら置かれていた。

（……そうだ、ベッドに合わせて洋室にしてよって言われたのに……この子は和室じゃなきゃ落ち着けない子なんですとか頑張っちゃって、軽く引かれたっけ）

春都はパソコンとエアコンの動作音がする室内に、乾いた笑い声を落とす。

画面の中に存在する和室では、独りぼっちの忍者が小刻みに動き続けていた。

栗生が原画を描いたベッドに近づけてみると、とことこと歩き、赤いナイフを手にしたままそこに座る。

（――今頃は、独りでベッドに居るんだろうか？　具合はもういいのかな……あれからまた、おかしくなったりしてないかな？）

春都はコートのポケットから携帯を取り出して、着信記録を確認した。

午前零時までに柿本から受けたものが大量にあるだけで、他には何もない。

体調のことを理由に電話してみようか……でも時間が時間だしと迷っているうちにアプリの三針時計が一時を差し、ますます掛け難くなってしまった。

「！」

その時だった。

目を離していたパソコンから突然、チャイムの音が聞こえてくる。

深夜の静かな部屋には大きく響き、一瞬現実の部屋のチャイムかと思ったほどだった。

画面を見ると、スプティルームへの訪問者を知らせるダイアログボックスが開いている。

そこには、『マロン28さんが入室しました』と書いてあり、ダイアログボックスが自動で消えると、明るい茶髪のアバターが姿を見せた。

「え……っ、ぁ……」

春都が用意しておいた栗生の専用アカウントは、彼自身のコーディネートで、彼をそのまま三頭身キャラにしたようなアバターに仕上がっている。

本人が描いたのだから当然だったが、髪型もそっくりで、顔の雰囲気や目の色も近い。高級感のあるスーツを着ており、手にはウイスキーグラスを持っていた。

「栗生さん……っ」

栗生に似たアバターは革靴のまま和室を横切り、春都の少年忍者アバターが座っている白いベッドに近づく。そして隣に並ぶように座ると、そのまましばらくじっとしていた。

『今から電話していい？』

「！」

栗生のアバターの上に吹き出しが現れ、同時にチャット画面が開く。

彼はこのままチャットで会話する気はないらしく、春都はすぐに携帯を手にした。

すぐさま掛けようとして――けれど向こうから掛けるという話になっていることに気づき、一旦携帯を置いてキーボートに指を運ぶ。

緊張しながらもキーを叩き、『はい。お願いします』と返すと、少年忍者アバターの頭上に吹き出しが現れた。

二十秒もしないうちに、携帯が音もなく振動し始める。

すぐさま手に取った春都は、携帯画面上の通話ボタンを指でそっと押した。

「――……もしもし？」

『……ゲームから突然ごめん。いきなり電話し難かったから、君が帰宅してログインするのを待ってた』

「栗生さん……あの、すみません……さっきは、感情的になって酷いことを……」

『謝らなきゃいけないのは俺の方だよ。自分の価値観を無理やり押しつけようとしてしまって、大人げなかったと反省してる』

「……っ」

『君が好きだからといって……強引に懐柔して引っ張り込もうとするのは、セクハラするのと変わらない。本当に、悪かった』

栗生は電話の向こうで静かに語り、重く息をつく。

パソコンの画面上ではベッドに並んで座った二人が、瞬《まばた》きをしたり笑みを浮かべたりを繰り返していた。

『元々、もう自宅勤務でも良かったわけだし、担当も本来の人に替えて貰って頭を冷やそうと思う。でもあんな喧嘩別れは悲しいから、謝っておきたかった』

「いえ……本当に、すみませんでした、身勝手で酷いことを言ってしまいました。これまでの価値観を捨てて、思い切って飛び込むだけの勇気がなくて……」

『それが普通なんだよ。好きだって言って貰えて嬉しかったから大丈夫』

「栗生さん……」

『俺が男なのも、子供を産めないのも俺のせいじゃないから、自己嫌悪に陥る必要はないってことだろ？　俺が自分でどうにかできる部分は好きになってくれたなら、嬉しいよ』

「……っ、ぅ」

『本当だよ、正直これまで振られたことはなかったから……好きなんて言葉はたくさん貰ってきたのに、今夜だけ特別に、どうしようもなく嬉しいんだ。もちろん切ないけどね』

「――……っ」

栗生の言葉を、彼のアバターを見つめながら聞いていた春都は、声を殺そうとして口を塞ぐ。心に沁《し》みる声や言葉とは裏腹に、アバターは少し意地悪そうな顔でにやりと笑っていた。

堪《こら》え切れずに俯くと、キーボードの文字が判別できないほど滲んでしまう。

『また出社する時もあると思うから、その時にでも……』

「……っ、ぃ」

『何かあったら、いつでも連絡して。それじゃ、また……』

「――……はい」

春都が辛うじて返事をしたあと、栗生は『おやすみ』と言って通話を終えた。

画面の中のアバターはまだ残っているものの、吹き出しが出てくることはない。

栗生に似たアバターはベッドから離れ、三頭身の可愛い姿でとことこと数歩移動してから、春都のアバターの方を向き直った。

そして、数種類あるアクションボタンをクリックすることで可能になる、特殊動作をする。

退室直前に栗生が選択したのは、『バイバイ』のアクションだった。

「――……っ……ぅ、ぁ……っ……」

手を振るその姿が消えて、退室を知らせるダイアログボックスが表示される。

少年忍者のアバターは再び独りになり、ベッドに座ったまま瞬きや笑みを繰り返していた。

「栗生さん……栗生、さ……っ……ぅ……ごめんなさい……ごめんなさ……ぃ……」

彼のことを――秋仁さんと呼んだ口から嗚咽を漏らし、春都は親指の付け根を噛む。

最低な自分を罰するように、もう片方の手で額を何度も打った。

それでも飽き足らずに、前髪を軋むほど強く握り締める。

(――……僕は、馬鹿だ……どうしようもない馬鹿だ！　せっかく得られた出逢いを、愛情や友情を……人一倍大切にすべきだったのに……好きな人を傷つけて、いったい何を……っ)

キーボードの上に突っ伏していくら泣いても、仮想の部屋にも現実の部屋にも、誰も来ない。

パソコンが高音のエラー音を上げるばかりで、チャイムが再び鳴ることはなかった。

《十三》

栗生が自宅勤務になってから約一ヶ月が経過し、クリスマスが数日後に迫っていた。

彼がパーシペスカと交わした契約期間は三ヶ月間だったが、実際には厳密に三ヶ月ではなく、十二月三十日まで――つまり、あと十日ほどしか残っていない。

栗生は自宅勤務になってから若干ペースを落としたものの、変わらず高クオリティな原画を量産し続け、オフラインイベントのアイテムや、来年の梅雨時の企画にまで着手していた。

しかし栗生とメールや電話でやり取りする担当者は女性社員になっており、あの夜から先、彼が春都と顔を合わせたことは一度もない。仕事で二回、電話で事務的な話をしただけだった。

『――栗生さんのイラストのグッズも販売されますし、ファンの人がたくさん集まるので是非いらしてください。イベント後の打ち上げにも、ご参加いただければ幸いです』

春都は東京ビッグサイトの側にあるイベントホールの片隅で、携帯の送信メールを読み返す。

時刻は午前十一時を少し過ぎており、オフラインイベントが開始されたばかりだった。

スプティは本格稼働後も順調にユーザーを増やし、人気を博して高い利益を齎している。

そんな中で開催されている今日のイベントは、本格始動記念のファン感謝祭として、今から三週間前に急遽決定したものだった。

高倍率を潜り抜けて当選した四百名のユーザーが全国各地から集まり、人気声優が盛り上げるステージイベントを楽しむことになっている。栗生が原画を描いているゲーム内の固定キャラクターのグッズも販売されており、文具や様々な日用品が特設ブースに陳列されていた。

しかし当選したユーザーが求める一番の目玉は、そういったものではない。

リアルガチャという名称の企画ガチャを回して、この会場に来た人間だけが手に入れられる限定アイテムを、一つでも多く入手することにあった。

「桃木、そんな所で何やってんだ？　栗生にメールか？」

雑然としたスタッフルームの隅に立っていた春都は、柿本の声に顔を上げた。

他のスタッフはバイトも含めてリアルガチャの詰め込み作業をしており、プラスティックのカプセルがパカパカと音を立てている。柿本は間もなく始まるステージイベントの台本を手にしていたが、彼自身がステージに立つわけではなく、普段通りの涼しい顔をしていた。

「メールは一昨日出しました。それで昨夜返事がきて……覗きに行く予定ですって。でも今のところまだなんです。できればステージイベントを観て欲しいんですけどね。新キャラ画像がスクリーンに表示されたら、きっと歓声が上がると思うので」

「覗きにか……いっそステージに上げたいところだな、イラストレーターとして」

「そうですね、別の意味で歓声が上がりそうですが」

「お前が出て行ってもそうなると思うぞ。何しろオンラインゲーム界のカリスマだからな」

「そんなこと言われてるから余計に顔出したくないんですよ、がっかりさせたくないので」

「今日は女子率が高いし、黄色い歓声で可愛いーって言われるんじゃないか？　これまでとは違ってスプティのイメージには合うんだから、サプライズで謎の素顔を出すのも面白いぞ」

「そんなこと言われませんてば。それに謎は謎にしておいた方がいいんですっ」

春都が携帯をスーツのポケットに戻したその時、突如スタッフルームがざわつく。

細長い机がいくつも並べられた作業スペースの人だかりの向こうに、栗生の姿が見えた。毛皮のロングコートを手にしており、首からは事前に送付したスタッフ証を下げている。

「栗生さんっ」

「噂をすればだな」

小窓付きのドアを後ろ手に閉めて入ってきた彼は、無表情で「おつかれさまです」と、声を掛けながら奥に進んできた。

バイトの中には彼の姿を初めて見る者もいて、誰もが作業の手を止めて注目している。

打ち上げパーティーも出る気があるのか、今日は普段よりも華やかなネクタイを締めており、髪型もこれまでと少し変わっていた。手にしている毛皮のコートの印象も手伝って、モデルか高級ホストにしか見えない。

「柿本さん、桃木さん、ご無沙汰してます。スタッフ証をいただいたので来てしまいました」

「栗生さん……来て、くれたんですね」

「雪が降るかも知れないって天気予報で言ってたから気になってましたけど、無事開催できて良かったですね。外、大盛況でしたよ。会場に一気に入り切らないとかで、列を途中で切って待機させてるみたいでした」

他のスタッフから声が届かない最奥の隅で、栗生は柿本と春都の顔を交互に見た。

列を切っているという報告は外のスタッフから聞いていなかったので、彼の言葉が少し気になった春都だったが、通り過ぎただけであろう彼に詳細を聞いたりはしない。

「よく来てくれたな、イベント後の打ち上げにも是非参加してくれ。それと、オフイべ開催が急に決まって申し訳なかった。もちろん特別ボーナスを付けるから、期待しててくれ」

「それはどうも。グッズの作画はゲームアイテムと違って自由が利くので、結構楽しかったですよ。でも販売ブースは空いてましたね、売れてないみたいだけど大丈夫ですか？」

「あ、あれはそのっ、どうしてもゲームアイテムが最優先になっちゃうので、皆さん真っ先にリアルガチャ用のコインを購入してガチャを回すんです。グッズは通販もやってますし、本日限定というわけではないので、ガチャが落ち着いた頃から列ができるかと思います。十一時に開場したばかりですし」

「そういうものなんですか？　まあ……ゲームアイテムも俺が描いたものだし、そっちが人気あるならいいんですけどね」

「もちろん大人気です！　オフイベ限定のアイテムはどれも豪華で素晴らしくて、公開されてからずっと話題になってました。あのアイテム目当てに九州《きゅうしゅう》や北海道《ほっかいどう》から飛行機で来てる人もいるくらいなんですよ。あと……あの、今日は本当に、来ていただきありがとうございます」

春都は久々に栗生の顔を見て、動悸が激しくなるのを感じていた。

約一ヶ月、彼のことを考えない日など一日もなく——来年の企画を練ったり、新システムを構築したりする多忙な日々の中で、隙さえあれば会いたい会いたいと願い続けていた。

「桃木、俺はステージホールの様子を見てくる。舞台裏に居るから、何かあったら連絡くれ」

「あ、はい……よろしくお願いします」

柿本は気を利かせているかのように、台本を手に去って行く。

その背中を目で追った春都は、栗生の方に視線を戻し難くなっていた。

二人切りになるとどうして良いかわからず、作業台の方を向いたままごくりと唾を飲む。

「柿本さんと一緒に行かなくていいの？　こういうイベントの時って忙しいんでしょ？」

「あ、いえ……そうでもないんです。イベントに関しては専門チームがあって、林田《はやしだ》チーフが仕切ってるんです。僕や社長は余程のことがなければ口出ししないので、わりと暇です」

「そう、それならいいんだけど……適当にしてるから無理に構わなくていいよ」

「いえ……」

春都は栗生の気遣いが少し淋しくて、俯いたまま唇を結ぶ。

それに気づいたのか、彼はふいに片手を上げて作業台を指差した。

「あれは何をしてるの？　カプセルに紙を詰めてるみたいだけど、あれがリアルガチャ？」

「あ、はいっ、そうなんです。いつもはゲームの画面上でガチャを回して、カプセルが割れてアイテムが飛び出しますよね？　あれを現実にやるのがリアルガチャなんです」

「なるほど……あの紙にはアイテムのイラストがプリントされてるってこと？」

「はい、アイテムのイラストと名称、それとシリアルナンバーが書いてあります。ユーザーは会場に入るとすぐにリアルガチャ専用のコインを購入して、あのカプセルが入れられた本物のガチャガチャを回すんです。それからカプセルを開けて紙を回収して、自宅に帰ってからシリアルナンバーを打ち込むと、該当アイテムがゲーム内のクローゼットに振り込まれます」

「ふーん、面白いね。それでさっきから割れたカプセルがどんどん戻ってきてるわけか」

「ええ、カプセルの数にもガチャの筐体《きょうたい》にも限りがあるので、回収してシリアルの紙を詰め、また筐体に入れるんです」

スタッフルームに運び込まれる巨大な回収箱には、ユーザーによって紙を取り除かれた空のカプセルが入っている。それらを作業台に載せて、大勢のスタッフが再び紙を詰め、ガチャの筐体に戻すために作業していた。パカンッ、パコン、パチンッと、小気味良い音が立っている。

「回転、かなり速いみたいですね。たぶん凄い売れ行きなんだと思います」

「普段はネット上だからあまり感じないけど、実際に足を運んで買いにきて貰えるのは、些か感慨深いものがあるね。俺としては、春都のために描いてるだけなんだけど」

「！」

栗生に名前を呼ばれ、春都は全身で反応する。

あの夜から約一ヶ月、一度として名前で呼ばれたことはなかった。

自分の衝動を抑えつける頑な考えを撤回し、彼の存在の大切さを思い知ったところで、今更もう無理なのだと諦めていた。元々期間限定だった恋人同士であり、それすらも自分のせいで早く終わらせてしまったのだから……再び甘い時が訪れることなど望んではいけないと思っていた。

「あとで、話したいことがある。イベントが終わって手が空いてから、少し時間貰える？」

「は、はい……っ」

春都が答えた瞬間、スタッフルームの扉が荒々しく開かれる。

淡い期待に心を揺らしている暇も、栗生と見つめ合っている暇もなかった。

オフラインイベントを仕切るチーフの林田が飛び込んできて、スタッフが驚くほどの勢いで部屋の中を突っ走る。中肉中背の三十五歳の林田は、低気温に反して玉の汗を掻き、瞬く間に春都の前にやってきた。

「副社長、すみません……大変ですっ、外がブーイングの嵐でっ！」

予想外も甚だしい言葉に耳を疑った春都は、状況がわからずに顔を強張らせる。

これまでに開催してきた別のゲームのイベントでも、毎回毎回何かしらの反省点はあったが、ブーイングが起きるようなトラブルは一度もなかった。

「会場が思った以上に手狭なので、危険を回避しようとして外の待機列を切ったんです。入場制限を掛けて、最初に入れた三百名にガチャを販売し終わってから、残りの百名を会場に入れようと思ってました」

「それでっ、それでどうしたの？　寒いのに待機時間が長過ぎてブーイングが起きた？」

「いえ、そうではなくて……実はその、ガチャの購入は一人最大五十個までと制限していて、購入した人はステージイベントのホールに流れて貰う手筈になっていたんですが、場内がごたついて、同じユーザーがガチャを二回購入することが可能になっていたようなんです。一人で百個買ったユーザーが大勢出てしまって……その上、予想外に殆どのユーザーが最大数まで購入したために、残りのシリアルナンバーが――あと三百程度しかありませんっ」

「三百⁉　外に百人待ってるのにあと三百っ⁉　一人三個までしか買えないじゃないか！」

「は、はい……そういうことになりますっ」

「公平性を保つようくれぐれも気を付けろと言った筈だ！　だいたい殆どのユーザーが最大数まで買うのは想定内だろう⁉　招待人数がわかってるのに何故十分用意しておかないんだ！　ゲームアイテムは在庫ができて困ることはないんだから、余分に用意するのが常識だろっ！」

「申し訳ありませんっ！　過去のイベントではここまで凄くはなかったので……っ」

春都は栗生が真横に居ることも忘れて声を荒げ、激しい憤りに震えを感じる。

同じように抽選で当たって招待されていながら、最初に会場に入れた三百名は五十個も購入できて、不正をして百個購入した人間もいる。ところがあとから入る百名は、一人当たり最大三個しか購入できないのでは、あまりにも不公平が過ぎるというものだった。

「ちょっと、待って……ブーイングってまさか、それを待機ユーザーにアナウンスしたの⁉」

「は、はい……そうしたら……っ、飛行機代を払えとか……凄い騒ぎになってしまって」

「何やってんのっ⁉　そんなアナウンスしたらブーイングになって当然だろ！　わざわざ足を運んで貰ってるのに怒らせてどうするんだよっ！　今日のイベントがファン感謝祭だってことわかってるのか⁉」

「申し訳ありません！　ご相談しようと思ったんですが、雪が降りそうな天気で……寒いから早く中に入れろと言われてつい状況を説明したら、あっという間に最後尾まで広がって収拾が付かなくなってしまいました。まさかあれほどのブーイングが起きるとも思わなくてっ」

「まさかじゃないよ！　五十個を三個にされて怒らないわけないだろ！」

　春都は怒鳴りながらもすでに次のことを考えており、頭の中でトラブルの回避策を練る。

　イベント慣れしている林田に任せておけば、特別な問題が起きるとは思っておらず、むしろイベントチームに対して制作サイドが何かと口を出してはいけない雰囲気になっていたことが、大きな失敗に繋がってしまった。

「チーフ、この辺の道に明るい社員数名を買い出しに行かせて、今すぐプリンターを用意して。カラーレーザーでも速いインクジェットでもいい。念のため二台、インクや紙も抜かりなく」

「副社長……っ、いったいどうする気ですか？」

「幸い実体のないゲームアイテムだからね、時間さえあれば増産できる。シリアルナンバーを追加発行できるノートパソコンは持ってきてるから、プリンターと紙を大急ぎで用意してっ。社長への連絡は僕がしておくから、とにかく急いで！」

「は、はい！」

　春都は林田に指示を出すなり、携帯を取り出して即座に柿本に電話を掛ける。

ステージイベントの用意をしていた彼は何も知らず、簡潔に状況を話すと愕然《がくぜん》としていた。

「先輩、申し訳ありませんがステージイベントの開始を早めてください。声優さん達にお願いして、できるだけ引き延ばしていただけると助かります。今から全参加者をステージホールに誘導し、最初の三百名と、ガチャ未購入の百名をしっかり分けて着席させてください」

『わかってる。何度も購入するような不正ができないよう、誘導も区分けもきっちりさせる。こっちのことは俺に任せて、お前はシリアルナンバーの増産に集中しろ。俺は今から待機列に詫びに行き、ステージ終了後には一人五十個まで購入できるよう準備してる最中だってことを、アナウンスしてくる』

「はい、どうかよろしくお願いします」

春都は察しの良い柿本に手配を任せると、近くにあるロッカーの鍵を開けた。

そこからコートや鞄と一緒に入っているノートパソコンを取り出し、スタッフ達とは離れた位置で、シリアルナンバー増産の準備を始める。

「！」

コンセントを探したり専用ソフトを起動したりと慌しく動き、机に向かってからふと周囲を見ると、栗生の姿が消えていた。

春都はトラブル対応に夢中で彼の存在をすっかり忘れ、無視していたことに気づくと共に、栗生の前で激しく怒り狂っていたことを自覚する。

（――……っ、もしかして……ドン引きして帰っちゃった……？）

シリアルナンバー増産の操作をしながらも、彼の姿を求めてもう一度部屋を見渡してみた。

プリンターが届くまではカプセル詰め作業ができないため、殆どのスタッフが列誘導に出てしまっている。見晴らしが良くなったスタッフルームに残っているのは数名で、やはり栗生の姿はどこにもなかった。

（僕がこういうことに関してはぶち切れること……社員は慣れてるけど……栗生さんはきっと吃驚した筈だ。僕のこと、可愛いとか言ってくれてたんだし、あんなとこ見て幻滅して……）

あとで何か話があると言っていたのに、声も掛けずに帰ってしまったのだと思うと、春都は泣きたいほどのショックに打ちひしがれる。

結果的に同じ行動を取るにしても、もう少し落ち着いて静かに対処できなかったものかと、痛烈に後悔した。

イベント準備に手落ちがあったことそのものよりも、ユーザー側の気持ちがわかっていない林田に対して未だに腹を立てており、叱責は当然だったと思っている。ただ、栗生の前で恐ろしい顔をして怒鳴り散らしたという部分にのみ、後悔があった。

もしも時間を数分前に巻き戻せるなら――冷静沈着な副社長として、同じシーンをやり直したいと切実に思う。

（……これって、結局……あの人の前では可愛くありたいってことだ。嫌われたくないって、そう思ってるってことだ。まあ……それは、今でも好きなんだから当然なんだけど……駄目だ、もう何もかも遅い……）

春都はキーボードを叩き、プリンターを待つだけという段階まで作業を進める。

最初の三百名が回したガチャよりも、レアアイテムの出現率をやや高めに設定し、たっぷり五千個分のシリアルナンバーを追加発行した。

（……流通数が多過ぎると価値が下がるけど、今はそんなことよりユーザーに満足して帰って貰うことが最優先だ。こんな寒い中、外で待たされた挙句にろくなアイテムが出ないんじゃ、スプティのイメージも社のイメージも悪くなる。すでにツイッターあたりで劣悪無情な対応について拡散されただろうし、何とか挽回《ばんかい》しなければ大幅なユーザー離れに繋がってしまう）

春都が口の中でぶつぶつと呟きながら最終確認をしていると、スタッフルームの扉が開く。

しばらく人の出入りがなく静かだったので、蝶番《ちょうつがい》の音まで聞こえてきた。

開いたノートパソコンの画面から目を上げた春都は、思わずガタンッと立ち上がる。

再びスタッフルームに現れたのは、毛皮のロングコートを着込んだ栗生だった。

どうやら雪が降り始めたらしく、コートの表面や髪がキラキラとした粒で光っている。

彼は残っていた作業スタッフの注目を集めながらも、春都の居る奥の方へと向かってきた。やはりモデルかホストのように華々しい姿だったが、革の手袋を嵌めた手には、不似合いなビニール袋が提げられている。

「栗生さん……ど、どこへ……」

「突然いなくなってごめん、話しかけると集中できないと思ったから。コンビニでカッターと定規を買い占めてきたんだ。さすがにカッティングボードは置いてなかったけど、今回作ったグッズに下敷きやクリアファイルがある筈だから、それで代用できるよね？」

「……ぁっ……！　そ、そうでした……印刷後に、短冊状に切る作業が……」

「何か手伝えることがないかと思って、スタッフの女性にこれから必要になる物を訊いたんだ。印刷が終わったらカッティングも手伝うよ。ところでもう準備はいいの？　話してて平気？」

栗生は手袋やコートを脱いで近くの椅子に置くと、春都の傍に腰掛けるかどうか迷っている様子を見せる。

「大丈夫……です。あとはプリンターを待つだけの状態で……丁度手が空いたところでした。お手を煩《わずら》わせてしまってすみません。あ、どうぞ座ってください」

「こんな状況で何もしてないと無能に思えてきてしんどいからね、役に立てるなら嬉しいよ。これ、今のうちに裸にしておこうか」

栗生は春都の斜め前に座って、ビニール袋の中身を机の上に広げた。

春都もパソコンの隣へと移動し、彼と向き合う形でカッターや定規の包装を剝《は》がしていく。

「本当にありがとうございました。印刷する段階までで頭が止まってて、細かいことには気が行ってませんでした。A4用紙一枚で十アイテム入るので……五千アイテムで五百枚。大勢で取りかかればすぐに切れますけど、人数分のカッターが無ければ話になりません」

ペリペリと音を立てて包装を開けながらも、春都は栗生の顔に釘づけになったまま、手元に目を向けられずにいた。

年上の部下を相手に怒鳴り散らす、決して可愛くはない姿を見られてしまったにも拘らず、こうして目の前に彼が居てくれること——そして親切にしてくれていることに胸が詰まって、言葉も何も出てこなくなる。

涙だけは無理して止めなければ零《こぼ》れてしまいそうで、歯を食い縛って耐えていた。

「——わかってはいたけど……やっぱり柿本さんと春都って凄いコンビだよね。ブーイングが歓声に変わる瞬間を、目の当たりにしてきた」

「！」

「柿本さん、社長として不手際を全面的に謝罪してから——桃木の判断で早急にシリアルナンバーの追加発行をしてますって、説明してたよ。ユーザーが春都のことを、やっぱり神だとか言って喜んでて……春都はこの世界のアイドルなんだって改めて思った。本当に凄かったよ」

「……いえ、神とかアイドルとかは……大袈裟で……先輩がビジネスにしてくれなかったら、僕はただのゲーヲタで終わってたと思います」

「柿本さんも春都も、どちらも凄いよ。春都はそうやって謙遜《けんそん》してるけど、ユーザーの目線とクリエイターとしての感性と実力を持ち合わせて、優れた仕事をしている。柿本さんは、社の代表としての統率力はもちろん、自己管理能力の高い人だから、のめり込まずに何でも卒なくこなすし、安定感のある大人の男だ」

何個目かのカッターの包装を剝がした栗生は、手元に向けていた視線を上げる。

春都と真っ直ぐに目が合うと、自分と柿本を引き比べているかのように自嘲した。

「……もしかして、低血糖と睡眠不足で倒れた時のこと、まだ気にしてるんですか？」

「いつまでだって気にするよ。あれが初めてじゃないし……姉まで絡んで、男としてあんなに恥ずかしいことはそうないよ。いい加減、馬鹿だなと思ってる」

「あの時は心配しましたけど、でも僕は……貴方がとても人間らしくていいって思いました。それと能力的な話をするなら、栗生さんこそ物凄い才能の持ち主じゃないですか。今日、この会場に来ている大勢の人達が何を目的に集まってるか、わかってますよね？　僕は栗生さんに直接言ってますけど、先輩も栗生さんの仕事ぶりにはいつも感嘆してるし、スプティを大人気ゲームに押し上げてくれたことを心から感謝してるんですよ」

「スプティに関しては俺も絵で少しは割り込めたし、柿本さんにできないことで俺にはできることもあったけど――人間的に全然敵わないからね、実はずっと嫉妬してた」

「栗生さん……」

「長い付き合いだってだけでも敵わないのに、その上イケメンを地でやってるというか、変に気負ってなくて自然体だし……しかも表参道《おもてさんどう》にビルや屋敷を持ってるような、本物の金持ちの息子だろ？　好条件にも程があるよ……」

「そんなことっ……考えてたんですか？」

「柿本さんが春都のことを好きだってことは、初めて会った時にすぐわかったからね」

「……っ」

「――だけど彼はゲイじゃない。春都が好きってだけで、基本的にはヘテロな人だ。そういうのって、凄く一途に、誠実に感じられるものだろ？　元々ゲイな上に体目当てで近づいた俺は、どうしたって不利だ」

かつては堂々としていた栗生は、弱気な溜息をつきながら視線を漂わせる。

そして最後の包装を剝がすと、雑多な袋を指で掻き集めた。

不要になった物をコンビニのビニールに詰め始める栗生の横顔には、恋をしている人間の、ときめきと切なさが宿って見える。

「――……」

そんなことはないと……誰よりも……柿本よりも誰よりも貴方が好きだと……男でも貴方がいいんだと零してしまいそうな唇を、春都はきつく結ぶ。

栗生が今、恋をしていること、そしてそれを感じ取れる自分もまた――恋をしているのだと、沈黙の中で確信していた。

「柿本さんが男で……本当に良かったと思ってるよ。どんなにあの人が好条件でも付き合いが長くても、同性である限り――春都に選ばれることはないだろうからね」

栗生は苦々しく笑って、ゴミでいっぱいになったビニール袋を締める。

何かしていないと落ち着かないらしい彼の手を見ていた春都は、所在なく指を彷徨《さまよ》わせた。

「栗生さん……」

想いを形にしようとしても、名前を呟くだけで終わってしまう。

久しぶりに会ったのに、お互いの想いが生き続けていることが、嬉しくて堪らなかった。

それなのに唇は臆病で、思うように核心には迫れない。

「春都……もしも、もしも俺達が異性だったら……柿本さんと俺が女で、同時に迫ってきたとしたら、どうする?」

「……え？」

「たとえばの話だよ」

栗生は重らかに顔を上げ、再び視線を送ってきた。

目を合わせると、綺麗な瞳に吸い込まれてしまいそうになる。

動揺のあまり心拍数が急激に上がって、寿命が縮む気さえした。

「――どうも、こうも……栗生さんと先輩が女性だったら……きっと凄い長身美人のキャリアウーマンでしょうから、僕みたいなひょろひょろなんて洟《はな》も引っかけないと思いますよ」

「そうじゃなかったら？　子供を産める体の俺達が熱烈に求婚してきたら、どうする？」

栗生はそう問うなり、判決でも待つかのように深刻な顔をした。

ゲイであることを除けば、男として十二分に恵まれている彼が――もしも自分が女だったらなどと仮定する裏には、別れの夜に交わした言葉が影響しているに違いなかった。

いったい栗生をどれだけ傷つけたのかと思うと悔やまれてならず、春都は消えてしまいたい衝動に襲われる。

それに打ち勝って彼の視線に応えるには、相当の覚悟が必要だった。

「先輩のことは心から尊敬していますし、特別な人ですが……性別に関係なく先輩は先輩です。付き合いが短くても、時々のめり込み過ぎて自己管理能力があやしくても、結婚できなくても子供を持てなくても……自分と同じ男であってもいい……僕は、貴方が好きなんです」

「春都……」

「条件よりも気持ちが大事だってこと――わかっていたつもりだったのに、ごめんなさい」

ああ、やっと、やっと言えた……そう思った次の瞬間、スタッフルームの扉が荒々しく開く。

プリンターを手にした社員が飛び込んできて、連なるように大勢のスタッフが戻ってきた。

バタバタと足音が響き、何人もの声が重なる。

二人の時間は途切れて――けれど心だけはまだ、繋がったままだった。

「向こうで待機してるよ。引き続き頑張って」

栗生はそう言って、机の上にあるカッターや定規を纏める。

春都にはプリンターの接続と印刷という作業が残っており、彼は場所を空けるために動いた。

「栗生さん……っ、あとで話があるのは僕も同じです。一人で帰らないでくださいね」

「いい話だって、期待してもいいの？」

「――……っ、もちろんです」

春都が答えた瞬間、栗生は花が綻《ほころ》ぶように笑う。

これまで集団行動を避けてきた彼を含む、パーシペスカの人海戦術が始まろうとしていた。

《十四》

アバターコミュニケーションゲーム『スプティ』のオフラインイベントは、一時的に騒動になったものの無事に終わり、来場した多くのユーザーは満足して帰って行った。急遽シリアルナンバーを増産したリアルガチャはもちろん、記念グッズも完売するほどの売れ行きを見せ、収益的には大成功といえる。

アンチ栗生だった男性社員達も、スプティアイテムの人気を実感すると共に——その描き手でありながら地味なカッティングやカプセル詰めを黙々と行っていた栗生に対して、若干の歩み寄りを示していた。

途中から降り出した雪は積もるほどのものではなかったが、交通機関が麻痺《まひ》することを懸念した柿本は打ち上げパーティーの延期を決め、イベント後の反省会が終わると速やかに解散を告げた。大人しく帰路につくよう命じられた各人が帰宅した夕方頃から、予報を上回る降りになったため、柿本の判断は実に賢明だったことになる。

春都を連れて自宅マンションに帰った栗生は、バスルームの窓から雪空を眺めて、「やっぱりあの人には敵わないね」と言って笑った。

「……っ、ん……栗生さん……て……何だか、先輩のこと……っ、意識し過ぎてませんか？」

「男には狩猟本能と闘争本能があるからね……ゲイでも同じだよ、奪いたいんだ」

「……っ、ぁ……」

春都は泡の溢れるバスタブの隅に追い詰められ、栗生の抱擁《ほうよう》と愛撫を受ける。

元々は独りで先に入っていたのだが、我慢できないと言い出した栗生がバスルームにやってきて、初めて一緒に湯に浸かることになった。

「特に相手が手強い敵だと……燃えたり尻込みしそうになったり、また燃えたりで大変なんだ。春都を奪えた実感を得られた今夜は、勝利の美酒に酔いたい気分なんだよ」

「それって……男の本能がどうというより、性格じゃないですか？」

「あ……そうか、そうかも知れない。やっぱり性格悪い？」

「悪い、ですよ……凄く悪いです。だいたい、そんなこと言われても僕は……っ、全然嬉しくないです」

首筋にキスを降らせてくる栗生の肩を、春都はぐいっと押し退けようとする。ところが泡で手が滑ってしまい、密着する体に隙間を作ることはできなかった。

「……ん？　何か気に障った？　別に春都を戦利品みたいに思ってるわけじゃないよ。それにライバルがいた方が燃えるってだけで、いなくたって俺は君を好きになった」

「――……っ」

「俺だけが知ってる可愛い春都も、ワーカホリックな春都も……鬼のように怒鳴り散らしてる春都も、全部ひっくるめて好きだよ」

「――……っ……そういうことじゃなくて……奪うとか……そんなふうに考えるの、変ですよ。だって……僕の初めての人は貴方じゃないですかっ」

春都は主照明を落としたバスルームの中で、スポットライトに照らされる栗生を睨み上げる。目を剝いて驚いたような顔をする彼の横には、雪景色の窓があり――静止した二人を余所に、時間の流れを音もなく語っていた。

「栗生さん？　どうしてそんなに驚くんですか？　まさか、僕と先輩が過去に何かあったとか、疑ってたわけじゃないですよね？」

「違う……よ、そうじゃないんだけど……」

栗生は標準よりも白めの肌を、徐々に赤く染めていく。

春都がその変化に気づいた時には彼自身も自覚したらしく、大きな手で半面を覆い隠した。

「何だか、凄い殺し文句を言われた気がして……心臓に思わぬ負荷が……っ」

「え……っ、ぁ……ちょ、ちょっと……！」

泡を乗せた湯が、栗生と共に大きく揺れる。

春都を襲う温かな波は、バスタブから溢れてそのまま壁の方へと流れて行った。

「……っ、ぅ……ん……ぅ、ぅ！」

「――……ッ！」

シュワシュワと泡の音がする中で、春都は熱烈な口づけを受ける。

同時に開かれた脚の間には、疾《と》うに昂っていた体が強く密着した。

硬く形成される屹立《きつりつ》とは違って、唇は柔らかく形を崩す。

忍んでくる舌に翻弄《ほんろう》されながらも、春都は意識を飛ばさないよう懸命に自我を保った。

栗生のマンションに来て入浴した時点で、こういうことになるのはわかっていたものの――まだ、好きだということしか伝えていない。それ自体は別れ際にも伝えたことで、一番大事なことは口にしていなかった。

「……ぅ、っ……待って……栗生、さ……」

彼らしくないほど荒々しいキスから、春都は辛うじて逃れる。

肩を押すだけでは無理だったので、申し訳ないとは思いながらも襟足の髪を掴み、自分から引き剝がすようにして顔を離させた。

「――……どうしたの？　嫌だった？」

「嫌なわけは……ありませんけど……でも、まだ肝心な話をしてません。話があるって言ったじゃないですか」

「ああ……そうだね、なし崩しは真面目な君には合わないんだった。ごめんね、真面目に付き合いたいとか言っておいて、つい盛っちゃって……」

栗生はそう言うと、重ねた下半身は離さずに、上体だけを少し離す。

まだ赤い顔をしており、自分の青い情動を恥じてさらに赤くなったように見えた。

「一月近く会わない間、栗生さんのことばかり考えてました。仕事のことしか頭にないくらいだった僕が、あえて貴方の顔を振り切って仕事に集中しろと自分に言い聞かせるくらい、常に貴方のことを意識して……貴方にまた会えた時に伝えたい言葉を、何度も何度も頭の中で繰り返していました」

「――……ありがとう、それを今から聞かせてくれるの?」

「謝罪の言葉とか、僕の考えがどう変わったかとか、色々なものを用意していたんですけど、今は保留にして……まずは手短に言わせてください。体が……持ちそうに、ないので……」

「うん……俺も、早くしたい」

春都は栗生に釣られて赤面し、やはり半面を隠すように手で覆う。ところがそうすることで、眼鏡をしていない素の状態だということを認識してしまい、さらに恥ずかしくなった。

「真面目に、お付き合いする件ですが……もしまだ有効でしたら、お断りしてしまった愚かなあの日の言葉を、撤回させてください。真面目に、お付き合いしていただきたいんです」

「俺の気持ちは変わってないけど……条件も、あの日と何も変わってないよ。結婚することも子供を作ることもできないから、春都が言っていた通り――先々には何も無いかも知れない。今が楽しければいいなんて享楽主義じゃないだろ？　それなのに、本当に俺でいいの？」

泡だけが小さな音を立てる空間の中で、春都は栗生の問いかけに頷《うなず》く。

一度だけでは足りず、二度三度と頷いてから、半面を覆っていた手を下ろした。

「貴方じゃなきゃ駄目なんです。条件の合う女性はたくさんいたけど、心は動きませんでした。栗生さんに対しては、良くも悪くも、心が絶えず動き続けて……体もこんなふうになって……だから貴方と一緒に居たいんですっ。こんな特別を手に入れられたんですから、ありきたりな平凡なんて、なくたっていい」

「春都……」

「貴方と、仕事があれば……僕は物凄く幸せになれる。栗生さんにとっても……僕がそういう存在になれそうだったら、真剣に――大真面目に、お付き合いしてください」

いつか運命の女性にする筈だった告白を栗生に向けた春都は、彼の発する言葉を一つ残らず聞き取れるよう耳を澄まし、唇の動きを追うべく口元を注視する。けれど聞こえてきたのは、波打つ湯の音だけ――唇は、迫り過ぎて見えなくなった。

「……んっ、ぅ……っ！」

ぶつかり合うようなキスをされ、バスタブの側面を背中が滑り上がる。

両手で腰を掴まれて湯から出された春都は、後頭部を壁に押し当てられた。

口腔《こうこう》を突いては捏ね回す舌に襲われ、返事を耳で聞く必要性を感じられなくなる。

バスタブの縁から壁までは数十センチの幅があり、そこに座ってキスと愛撫を受けた。

両脚を広げられても、胸に触れられても、抗わずに身を任せる。

「……はっ、ぅ……ん、ぅ……！」

「――……ッ、ン……春都……っ」

わずかながら冷気が漂う窓の横で、春都は栗生の首に縋った。

キスの合間に名前を零されると、昂っていた所にどくんっと血が集まるのがわかる。

栗生の手が脚の間に伸び、大きな手で屹立を扱かれた。

ぬめった感触がその掌に広がって、バスルームに粘質な音が響いていく。

最初は湯に濡れていただけだったそこが、最後には耳の奥に絡みつくような音を立てていた。

透明な蜜には今にも白濁が混じりそうで、達しているのかいないのか、わからなくなる。

「あ……ぅ、は……っ」

潰し合っていた唇が完全に離れると、栗生は徐々に身を屈めていった。

喘《あえ》いで喉笛を晒す春都の首に口づけ、鎖骨を舐め、乳首を吸う。

その一つ一つは丁寧だったが、いつもより短く終わった。

そして彼の体の大部分が、泡と湯の中に戻る。

「……ッ、ン」

「や……ぅ、ぁ……っ……」

膝と膝を開かれながら、春都は栗生の口淫《こういん》を受けた。

口と手で激しく愛撫され、ぶるぶると震えるような快感に襲われる。

栗生の動きは、舌まで性急になっていた。

上目遣いに向けられる視線は、獣染みた情動を孕んでいる。

「……ぅ、ぁ……や、そんなに……強く、したら……っ」

春都は両膝を小刻みに痙攣《けいれん》させ、晒した喉をひくつかせた。

限界まで立ち上がった屹立を、根元から括れまでグチュグチュと音が立つほど扱かれて——

先端を唇で強く吸い上げられる。

「——……っ、ぅ、う——……っ」

栗生の口内は熱く、舌は執拗に絡んできた。

蜜を零す小さな孔が、尖らせた舌で穿《ほじく》られる。

「あ……ゃ、ぁ……っ！」

同時に後孔を指で撫でられ、壁に当てていた肩がびくんと上がった。

ローションが無いために挿入こそされなかったが、入浴で柔らかくなった表面を弄《いじ》られる。

そんなにされたらすぐに達ってしまう——と抗議したい春都だったが、栗生は自分を一刻も早く達かせたいのではないかと感じ、あえて抑制を解いた。

「——……っ、ふ……っ、ぁ……あぁ——っ！」

爪先から頭の天辺まで、炎で炙《あぶ》られているかのようだった。

快楽の熱に溶かされて、残る理性が崩れていく。

「は……っ、ぅ……く、ぅ……！」

栗生の口内に精を放った春都は、脚をM字に広げたまま背中を反らした。

濡れた髪を壁に張りつかせながら、栗生の髪をぎゅっと摑む。

頭の中に、自分の脈動がドクドクと響いていた。

全部出し終わるまで口を離されることはなく、その間ずっと呼吸が止まる。

口を開けていても声が出せず、息もできず、ただじっと波が引くのを待った。

「——……っ、ぁ……ひゃ……っ」

思わず裏返った声を上げてしまったのは、彼が顔を上げた時だった。

達したばかりの敏感な屹立が、口から抜かれて最後の一舐めを受ける。

栗生は口内の物を飲み干さず、指先を舐めるようにしながら掌に出した。

そしてとろみに濡れた指を、春都の後孔に向ける。

「うぁ……ぅ、ぅ……っ……！」

「――お湯に入ってたせいかな、春都のここ、すでに柔らかく……解れやすくなってる」

「あ……っ……それ……だけじゃ、ない……です……」

春都はヌプヌプと音を立てて入ってくる指から顔を背け、窓の方を見ながら目を細めた。

行き場をなくした指に力を込めて拳を握り、意図的に何度も深呼吸する。

「栗生さん……が、バスルームに来る前に……そこ、洗って……解して、おいたから……っ」

自分で言うなり、顔がカァッと熱くなるのがわかった。

不必要な上、はしたない言葉かも知れないと思ったが、一度は彼の告白を拒絶しただけに、自分がどれだけ彼を欲しがっているのかを――可能な限りあからさまに示しておきたかった。

「春都……っ、嬉しいよ……俺と会わなかった間も……ここ、弄ったりした？」

「な、何てこと……訊くんですか……っ」

「俺はこれまで、一ヶ月もエッチしないなんてことなかったし……どこまで耐えられるのか、どこまで本気なのか、自分を試したくて春都に会うのを避けてた」

「……っ」

「他の誰かを呼びつけて、どうこうしたいなんてまったく思えなかった。ただ何度も何度も、妄想の中で春都を抱いてた。だから……春都もそんな感じだったらいいなと思っただけ……」

「——……そ、そんな……感じでした……っ、ぁ、ぅ……！」

答えるなり指を深く挿入され、春都は伸び上がる栗生を見上げる。

膝から上をすべて湯から出した彼の体は、細いスポットライトに照らされてくっきりとした陰影を描き出していた。

「は……っ、ぁ……っ、ぁ……！」

「——……春都、春都の味がすると思うけど……キスしていい？」

自らの唇を舐める栗生に問われ、春都は小さく頷く。

そうしている間に体内の指が三本になり——まるで押し出されるように屹立の中から残滓《ざんし》が飛び出して行った。

「——……ぅ、あ、ぁっ」

栗生の指に何度も何度も突き上げられ、結合への期待が高まる。

指だけでも十分感じている体は、より大きな悦びを求めて疼いていた。

「……は……ぅ、ぁ、あぁ……っ！」

「春都……っ……！」

栗生は指を抜くとすぐに春都の腰を引き寄せ、奮い立つ欲望を挿入する。

同時に口づけられた春都は、ろくに喘ぐことすらできなくなった。

「――……んぅ、ぅ――……っ！」

「……ッ！」

バスタブに滑り落ちそうな際で脚を広げながら、春都は栗生の欲望と、唇の両方を迎える。

著大な屹立はいつでも存在感があり過ぎて、体を真っ二つに裂かれるような感覚だった。

本来受け入れられる所ではないそこは、穿たれて悦び、ひくつきながらも彼の肉に絡みつく。

「……ぅ、ん……ふ……っ、ぅ……！」

「――……ッ」

栗生の舌からは唾液と共に精液が流れ込み、青い苦みが口内に伝わってきた。

口にすることなど考えられない筈の自分の精液が、今は媚薬《びやく》のように感じられる。

欲情が舌を起点に湧き上ってきて、体内にある彼の昂りが、より一層愛しくなった。

「栗生……さ、ん……ぅ、ぁ……！」

「――ハ……ッ……名前、呼んで……春都っ」

ずぐんっと深まる抽送を受け、春都は栗生の肩に縋る。

離れてもすぐに戻ってくる唇や舌を、その度に味わった。

「――……っ、ぅ……は、ふ……っ」

「春都……っ、好きだよ……君が、好きだ……っ」

「――ぁ、あ、秋仁……さん……っ、秋仁さ……ん、好き……好き、です……」

「春都……にっ、名前……呼ばれるだけで……達きそう……なんだけど……っ」

栗生は苦しげに眉を寄せながらも、微かに苦笑してみせる。

その言葉通り、腹の奥まで埋まり込んでいるかのような肉が、めきめきと硬くなっていた。

「や……ぁ……ぉ、大き……ぃ……！」

「――……っ、ごめん……一回、達かせて……っ」

栗生は甘く掠れた声で謝るなり、春都の両膝を抱え上げる。

春都が縋っていたために体重がすべて彼に移り、屹立が根元まで深く捩じ込まれた。

悲鳴を上げそうになった春都だったが、実際には喉がひくつくばかりで、息しか出せない。

「――……ぅ、ぅ……っ、く……っ！」

「春都……っ……愛してる……君だけを、愛してる……っ」

「！」

「――……愛してる……本当に、愛してる……」

春都が顔を押しつけていた栗生の耳は、燃えるように熱かった。

スポットライトの光は揺れる水面によって拡散され、色はわかり難い。けれど真っ赤なのは間違いなく、生まれて初めて口にした言葉のように思えた。

「——……秋仁さん……僕も、あ……貴方を……愛して、ます……」

同じように口にしてみると、顔に血が上って耳が赤くなるのがわかる。

目と目を合わせてはいなかったが、それですら愛の告白はこんなにも恥ずかしく——動悸や呼吸がおかしくなるものなのだと、初めて知った。

「——……ぁ、あぁ……っ!!」

バスタブの中に立つ栗生に、春都はすべてを預けながら突き上げられる。

愛していると言葉で伝えて貰えたことは嬉しかったが、それがなくても、体は十分に愛情を感じ取っていた。

「……秋仁……っ、さん……！」

「春都……春都……っ」

栗生が絶頂を迎える寸前、春都は十指に力を込めて、より強く縋りつく。

これからどのような困難に突き当たろうとも、この想いがあれば必ず乗り越えられると——当たり前のように信じていられた。

《十五》

春都はキングサイズのベッドに独りで横になったまま、運ばれてきた朝刊を読む。

元々は九時から出社するつもりだったが、昨夜降った雪のせいで交通機関が麻痺していた。タクシーを呼ぼうにもすでに予約でいっぱいな上、窓から見た限りでは車の姿が殆ど見えない。流している空車を見つけるという方法はまず不可能で、会社に行くには歩くしかなかった。

栗生のマンションから表参道までは、頑張れば何とか歩ける距離だったが、渋谷《しぶや》近辺は坂が多く、危険だからと彼に止められてしまった。

さらに腰の痛みが酷かったこともあり、出社を午後に延ばしてパジャマ姿で寛《くつろ》いでいる。

公休日なので特に問題はなかったものの、一応柿本にメールを送って出社予定時間を伝えたところ、危ないから出社は控えろと返されてしまった。結局行くのか行かないのかはっきりと定まらないまま、道路事情に任せることになる。

「はい、珈琲。ブラックでいいんだよね？」

朝刊のあとに運ばれてきたのは珈琲で、広々とした寝室がほろ苦い香りで満ちていった。

春都は栗生の持ってきたトレイにカップ以外は何も載っていないのを見て、ふと顔を上げる。

「はい、大丈夫です。栗生さんもそうでしたよね？　お砂糖とか入れたりしないんですか？」

「うん、そのままのが好きだから」

「それはわかりますけど、意識して糖分を取らないと駄目ですよ。集中力アップにもいいっていうブドウ糖を固めたやつ、ご存知ですか？　小包装になってて手軽に取れるんですよ」

「そんなのあるんだ？　角砂糖みたいな感じ？」

「そうですね、角砂糖を平らにしたような形です。今度買ってきますから、いつもポケットに入れておいて、糖分が足りないと思ったら口に放り込むようにしてください。飴と違って舌に乗せた途端溶けるので、素早く糖分が取れますよ」

「わかった、その通りにするよ。春都って……何だか奥さんみたいだね」

「！」

栗生はアイボリーのパジャマとセピア色のガウン姿で、ベッドに腰掛ける。

上部が細長いテーブル様になっているヘッドレストの上にトレイを置き、春都の頬にキスをした。

「――……怒った？」

「そんなことで怒りません。お母さんみたいって言われるよりはマシです」

アップに耐えられる顔で迫られて、春都は照れ隠しにカップを摑む。

いただきますと言ってから冷まし、黙々と珈琲を飲んだ。

寝室はオイルヒーターで暖めてあったが、それでも珈琲の温かさと香りが沁みてくる。味も抜群で、照れも忘れて思わず頰が緩んだ。

「春都……昨日のイベント会場で、あとで話があるって言ったの覚えてる？」

「あ、はい」

栗生はガウンを脱いでパジャマだけになると、両足をベッドに上げる。

春都が着ている新品のパジャマとお揃いだったが、彼の方は何度も着ているため、丁度良い具合に生地が柔らかくなっていた。

「すみません、昨夜は……僕が一方的に話してしまってたから……」

「ああ……いいんだ、そんなに変わらない内容だし、昨日は興奮しちゃって冷静に話せそうになかったから」

栗生はそう言いながら羽毛布団を脚に被せ、春都と同じようにヘッドレストに寄りかかる。

真横に並んでカップを手にしてから、春都の顔をじっと見つめた。

唇は今にも開きそうでなかなか開かず、微かな笑みを湛えている。

「話って、何ですか？」

春都が我慢できずに訊くと、栗生は珈琲を一口だけ飲んだ。

たったそれだけでカップをトレイに戻し、温まった手で春都の指を握る。

「――俺と、結婚を前提に付き合って欲しい」

栗生の口から確かに聞こえてきた言葉に、春都は耳を疑い、目もパチパチと瞬かせた。

彼の唇は間違いなく動いた筈で、耳にした言葉にも間違いはなかったように思える。

それでもまだ確信を持てず、春都は片手で持っていたカップの把手に力を込めた。

そうでもしないと熱い珈琲を零してしまいそうなくらいに、動揺が激しい。

「普通に結婚することはできないけど、養子縁組ならできる。今すぐじゃなくてもいいから、俺にそういう気持ちがあることをわかっていて欲しい。一度は振られたけど諦められなくて、こんな二度目の告白をしようと思って、会いに行ったんだ」

栗生は春都の持っているカップに触れ、それを受け取った。

零しそうになっているのを察したらしく、トレイの上にそっと戻す。

そして今度は、春都の両手を纏めて包み込んだ。

「血の繋がりはなくても、籍を入れることで家族は増やせる。子供はどうにもならないけど、春都は俺と結婚することで、ちょっと変わり者の母親と、きつめだけど結構面白い姉三人と、物凄く可愛い姪四人を持つことができる」

「栗生……さん……」

「俺が居て仕事があれば幸せって言ってくれたけど、それ以上にもっと幸せにしたいんだ」

栗生の両手に包まれているせいで、春都は顔を覆うことも逃げることもできない。

目を見ていられずに俯くと、手元の新聞の文字が滲んだ。

眼鏡のレンズにぽたりと涙が落ちて、隠しようがなくなる。

「──……姪御さん……四人て……ほんとに、男は栗生さん一人なんですね……」

春都は涙を拭う隙がないまま、彼の手の中にある両手を震わせた。

どうにか言葉を発したものの、声まで小刻みに震えてしまう。

「一番上と三番目の所に二人ずついて、欲目なしに可愛いんだ。色々あって父親がいない状況なんで、たまにしか会わない俺に凄く懐いてるんだよ」

「そんな……栗生家のアイドルである貴方が、男と結婚なんてして……許されるんですか？」

春都は心臓がけたたましく鳴っているのを自覚して、呼吸するのも苦しくなる。

指先に心臓の欠片《かけら》が移動し、鼓動をすべて悟られている気がした。

「許されるも何も、養子縁組して、きちんとしたいくらい好きな人がいるって話したら、予想以上に喜ばれたよ」

「……え？」

春都は思わず顔を上げ、レンズが濡れていることに焦る。けれど今更隠しようもなく、そうこうしているうちに彼の両手で眼鏡を外されてしまった。

「春都はゲーム界のアイドルだけど、俺はアイドルじゃなくてマスコット的な存在なんだ」

「マスコット……」

「もしくは玩具。ゲイだとカミングアウトした時も結構あっさりだったくらいで……姉曰く、俺を余所の女に取られるのは気分が悪いらしい。かといって俺が男に抱かれるのは嫌みたいで、それにいつまでも遊んでばかりいるのも心配……というわけで、三つ年下で凄く仕事のできる可愛い男の子と入籍したいって言ったら、母はもちろん、どの姉も喜んでた。その時点では、まだ付き合ってるわけじゃないからどうなるかわからないよって言っておいたのに、大晦日に集まるから絶対紹介しろって」

「——……っ、ほ……本気……ですか？　本当に……歓迎……して貰えるんですか？」

「本気だし、全部事実だよ。あ、言ってなかったかも知れないけど……うちの姉弟って父親が全部違うんだ。まあそんな感じで自由度高いし、基本的に男が好きな集団だから安心して。色々うるさいとは思うけど、家族の一員として必ず大事にしてくれるから」

栗生は眼鏡をヘッドレストに置いて、春都の頬に触れる。

再び俯くことができないよう顔を固定させてから、改めて見つめ合った。

「——俺の持ち得るものをすべて使って、全力で春都を幸せにしたい。かつては面倒くさいと思っていたことを、今はしたくて堪らないと思う」

「栗生さん……」

「俺と、結婚して欲しい」

先程よりも一歩先に進んだ申し出に、春都は無意識に頷く。

頬にある栗生の手と共に、こくこくと、何度も頷いていた。

「はい……」

再び涙が零れてきて、指で拭おうとすると止められる。

栗生の唇が目尻に迫り、チュッチュッと、キスをしながら涙を吸われた。

「――秋仁さん……」

貴方を好きになって良かった――どんな出逢いでも、どんな道程でも、今こうしていられて良かったと、伝えたいのに言葉にならない。せめて視線だけは外さずに見つめ合っていると、焦がれた瞳に自分が見えた。

「入籍したら、栗生春都になるんですね。そうなったら本当に、結婚したって実感できそう」

「お見合いパーティーで運命の人に出逢えることって、本当にあるんだね」

「はい、本当にあるんですね」

栗生は少し照れながらも笑って、春都も釣られて笑う。

柔らかさの違うパジャマで寄り添い合い、どちらからともなく唇を重ねた。

あとがき

初めましてまたはこんにちは！　オンラインゲームに嵌《はま》りまくって、一年の間にハワイ旅行数回分くらいのお金を注ぎ込んでしまい、我に返って「ハワイに行けばよかった（泣）」と、激しく悔やみながらも未だに足抜けできない犬飼ののです。

今回の攻め様の栗生氏は、めちゃくちゃ可愛い攻め様だと思いながら書いていたんですが、お好みに合いましたでしょうか？　自分としてはとても好きなタイプで、栗生氏の姉とか姪になって連れ回してみたいものだなぁと思いました。そして糖分を与えたいです。

この本は私にとって初めてのリーマン物で、オンラインゲームや婚活を絡めつつ、まあまあ普通の人間だけで構成されているんですが、自分が最初に想像していたよりもずっと楽しんで書くことができました。自由に思い切り書かせてくださった担当のK様に感謝です！　でも、脱稿したぜ！　と思った時に、「あとがきページが9枚あるので、三姉妹の出てくる後日談のSSとかどうでしょう？（にこっ）」と言われた時は一瞬固まりました（笑）。そんなわけで、三姉妹が出てくる小話をオマケ的に書いてみました。少しでも楽しんでいただけたら幸いです。

素敵なイラストを描いてくださった香林セージ先生と、この本に関係してくださった皆様、そしてお手に取ってくださった読者様に心より感謝です。ありがとうございました！　どうかまたお会いできますように！

犬飼のの

三次元恋愛《リアルラブ》の攻略後

大晦日の今日、僕は栗生《くりう》さんの実家にやって来た。

女性ばかり集まるなら、ちょっと高級で美味《おい》しいケーキとかを持って行った方がいいのかと思ったけど、すぐに食べなきゃいけない物や洗い物が出る物は迷惑かも知れないと思ったし、高カロリーだと嫌がられる可能性も考えて……結局、老舗和菓子店の最中《もなか》にした。

ご家族の中に餡子《あんこ》が嫌いな人はいないって聞いてるし、お母さんのお気に入りらしいから、お土産はこれでたぶん大丈夫だと思ったけど……肝心の僕自身が、果たして本当に気に入っていただけるかどうか、栗生さんにどれだけ太鼓判を捺《お》されても自信が持てなくて、こうやってお姉さん達に囲まれていてもやっぱり不安だった。

「春都《はると》くんて本当に肌が綺麗《きれい》ねぇ、どこの化粧品使ってるの?」

「あ、ありがとう……ございます……化粧品とかは、何も……」

「あら、若いからって油断しちゃ駄目よ。UVケアもちゃんとしなくちゃ、せっかくの美肌が台無しになっちゃうんだから」

三番目のお姉さん――銀座のクラブでホステスをしている千夏《ちなつ》さんは、僕の右隣に座って、膝や腰を撫《な》でてくる。色っぽくて華やかな人なんだけど、仕草がホステスというよりは客側のオヤジっぽくて……ちょっと怖い。

「秋仁《あきひと》なんて肌が白くてソバカスになりやすいから、日焼け止めを絶対に欠かさないのよ」

「……え、そうなんですか？」

「そうよ、なんにもしないでこの顔を保ってるなんて思ったら大間違いよ。素のままで綺麗でいられるのは精々二十五まで。そこから先には何かしら裏があるの」

「姉さん、そういうことバラさないでよ……カッコ悪いじゃないか」

ローテーブルを挟んで目の前のソファーに座っている栗生さんは、忽《たちま》ち顔を赤くする。

その隣に座っている一番上のお姉さん——結婚相談所を経営している小春《こはる》さんに顔を覗《のぞ》き込まれて、「日本人より皺になりやすいんだから、保湿には気をつけなさいよ。なんたって顔が一番の取り柄なんだから」と言われていた。

小春さんは、思い起こせば婚活パーティーの会場で一度見かけたことのある長身の美女で、如何にも女社長という感じの知的で大人っぽい女性だ。栗生さんもこのお姉さんと話している時だけは凄《すご》く弟っぽい顔になっていて、「うん」と返事をする声も可愛く聞こえた。

「ちょっと千夏、ベタベタ触るのもいい加減にしなさいよ。桃木《ももき》さんは真面目な人なんだし、秋仁の婚約者であって貴女《あなた》のじゃないでしょ」

僕の左隣に座っていたレティシアの編集長の美冬《みふゆ》さんは、千夏さんの手を叩いて僕の腰から払い除ける。電話で話したことがあるだけに一番よく知っている気がする美冬さんは、姉妹の中では比較的こざっぱりとしたショートカットの美人で、話しやすい雰囲気の女性だった。

「別にいいじゃない、いつもむさ苦しい中年ばかり相手にしてるんだもの、たまにはこういう若くて可愛い男の子に触りたいわ。ほんとにもう、食べちゃいたいくらい可愛いっ」

「……っ、ぅ⁉　んぐ……っ！」

千夏さんにガバッと抱きつかれて、僕はその……お子さんが二人もいるとは思えないくらいセクシーな胸で……窒息させられるんじゃないかと思ったけど……栗生さんも他のお姉さんも、呑気《のんき》に見ていて助けてくれなかった。

初対面でこのノリ……この強引さ、僕にはとてもついていけないけど、どうやら気に入ってもらえたみたいで良かった。どさくさ紛れにお尻まで撫でられたけど、セクハラじゃなく他愛ないスキンシップだと思うことにしよう。

「あ、ママが下りてきたみたいだわ。やっと脱稿したのかしら？」

「大晦日まで仕事になっちゃってごめんなさいね、桃木さんが来るってわかってたから、昨日までに終わらせたいって頑張ってはいたのよ」

「あ、いえ……お忙しい時にお邪魔してしまってすみません」

僕は初めて栗生さんのお母さんに会う瞬間を迎えて、これまでとは比べものにならないほど緊張する。ところが……広大なリビングの端にある螺旋《らせん》階段から下りてきたのは、今にも倒れそうなくらいふらふらの、小柄な女性だった。

「母さんっ」

立ち上がりはしたものの驚いて動けない僕とは違って、栗生さんはすぐに階段を駆け上がる。そして信じられないことに、自分のお母さんをひょいっとお姫様抱っこした。

「母さん、大丈夫？　調子の悪い時はエレベーターを使ってよ、この階段危ないんだから」

「あらありがと、秋仁は相変わらず王子様みたいね」

人気エッセイストであるお母さんは、さすがこの四人を産んだ人……という感じの美人で、顔が小さくて若々しくて、お姫様抱っこが絵になっていた。修羅場中だったと聞いていたけど、足首まであるアジアンテイストのワンピースに、お洒落なカーディガンを合わせている。

「やだわもう、初対面がこれじゃあんまりね。呆《あき》れないでね春都さん、本当に失礼しちゃってごめんなさい。原稿に夢中で糖分を取るのを忘れてたの……」

栗生さんのお母さんは、本当に栗生さんのお母さんなんだなぁ……と思うようなことを言いながら、階段を下り切ってもまだ栗生さんに抱かれていた。がっちりと首に手を回していて、下りるもんかと言わんばかりに見える。

「は、初めましてっ、桃木春都と申します！　お忙しい時にお邪魔して申し訳ありませんっ」

「初めまして、秋仁の母です。秋仁が貴方《あなた》のことを可愛い可愛いって言ってたから、どんなに可愛い人が来るのかと思ってたけど、想像よりずっと可愛いわねー、お人形さんみたいっ」

「あ、ありがとうございます……恐縮、です……どうか、よろしくお願いしますっ」

「お腹を痛めなくてもこんなに可愛い息子を持てるなんて、最高に役得だわ。女の子を連れてこられるのの軽く百倍は嬉しいわね。この子がゲイでよかったって今しみじみ思うもの」

「……っ⁉」

母親としてはかなりぶっ飛んだことを言っているお母さんは、ようやく床に足を下ろす。

それでも栗生さんの腕に抱きついて、恋人でも見るみたいに眩《まぶ》しげに見上げていた。

「女の嫁なんかできちゃったら、秋仁はアタシの物みたいな顔されるでしょ？　修羅場明けにこの子とデートするのが何よりの楽しみなのに、そういうのを奪われたくないのよ」

「は、はぁ……はい……」

「母さん、春都がドン引きしてるよ。それに俺は春都の物になるんだからね、連れてくるのが女の子でも男の子でも、そこはあまり変わらないよ」

「まあそうね……でも不思議なもので、男の子に私物化されるなら許せるのよ、なんとなく」

「わかるわぁ、私も何故だかすっごくそう思う」

背後からヌッと現れた千夏さんは、またしても僕の腰に手を回してくる。

いつの間にか小春さんと美冬さんが真横に立っていて、長姉の小春さんは、僕の持ってきた最中の桐箱を手にしていた。

「お母さん、春都さんに最中をいただいたの。おもたせで申し訳ないけどいただきましょう」

「まあ、お気遣いありがとう！　ここの餡が大好きで取って置きのご褒美にしてるくらいなの。こんなにたくさんいただいて悪いわね、嬉しいわぁ！　小春、玉露を淹《い》れてちょうだい」

「喜んでいただけてよかったです。糖分を取ったらお元気になられるでしょうか？」

「ええ大丈夫よ、私は秋仁ほど酷くはならないし。先日また倒れたんですってね、春都さんが助けてくれてよかったわ。これからはあのマンションで一緒に暮らす予定なの？」

お母さんからの質問に、僕はどう答えてよいかわからずに戸惑う。

栗生さんとは毎日のように会っていたけど、まだあまり具体的な話はしていなかった。

「もちろん俺はそうしたいと思ってるんだ。春都のイメージに合わせて、部屋をレイアウトし直すのが楽しみだよ」

「栗生さん……」

「そうしてくれると安心ね。秋仁は一見しっかりしてるように見えるけど、案外不器用で頼りないところもあるから心配なの。お互い仕事が忙しくて擦れ違ったり喧嘩したり、これから色々あるでしょうけど、話し合う時間を取って協力しながら仲良くやって欲しいわ。それと、くれぐれも健康的な生活を心がけてちょうだいね」

「はい……頑張りますっ、ありがとうございます」

「お母さん、なんかその健康的ってあたり意味深だわ」

「私も変なこと考えちゃった」

僕がお母さんの言葉に感動しているのに、左右で美冬さんと千夏さんがプクッと笑いだす。

本当に調子が狂うというか、女の人って凄いなぁって思ったけど……栗生さんが楽しそうに笑っていたから、僕も釣られて笑ってしまった。

「春都、お茶のあとで二階に行こうか。姪が昼寝してる姿を見せたいんだ」

「はい……寝顔を見に行くんですか？」

「うん、天使みたいに可愛いんだよ。起きると結構やんちゃで小悪魔みたいなんだけどね」

栗生さんはそう言って、人目も憚《はばか》らずに僕の手を握ってくれる。セクハラ気味な千夏さんを牽制《けんせい》するように「今度は俺の隣に座ってね」と言って、ソファーまで引っ張ってくれた。

「……っ、ぁ……栗生さん……っ」

お姉さん達もお母さんも、「熱いわねー」と笑いながら、普通のことのように盛り上がる。

僕がもし女性だったら、栗生さんは身内の前でこんなふうに接したりはしないように思えて、気遣ってくれているのがわかった。少し恥ずかしいけど、でもやっぱり凄く嬉しい。

明るく迎えてくれた栗生家の皆さんと、そして栗生さんを大事にして——僕も、この家族の一員になりたいと思った。

初出一覧

三次元恋愛の攻略法　/書き下ろし
三次元恋愛の攻略後　/書き下ろし

B♥PRINCE
http://b-prince.com

B-PRINCE文庫をお買い上げいただきありがとうございます。

先生へのファンレターはこちらにお送りください。

〒102-8584
東京都千代田区富士見1-8-19
(株)アスキー・メディアワークス
B-PRINCE文庫　編集部

三次元恋愛《リアルラブ》の攻《こう》略《りゃく》法《ほう》

発行　2011年9月7日　初版発行

著者｜犬飼のの
©2011 Nono Inukai

発行者｜髙野 潔

発行所｜株式会社アスキー・メディアワークス
〒102-8584　東京都千代田区富士見1-8-19
☎03-5216-8377（編集）

発売元｜株式会社角川グループパブリッシング
〒102-8177　東京都千代田区富士見2-13-3
☎03-3238-8605（営業）

印刷｜株式会社暁印刷

製本｜株式会社ビルディング・ブックセンター

本書は、法令に定めのある場合を除き、複製･複写することはできません。

また、本書のスキャン、電子データ化等の無断複製は、著作権法上での例外を除き、禁じられています。代行業者等の第三者に依頼して本書のスキャン、電子データ化等をおこなうことは、私的使用の目的であっても認められておらず、著作権法に違反します。

落丁･乱丁本はお取り替えいたします。

購入された書店名を明記して、株式会社アスキー･メディアワークス生産管理部あてにお送りください。

送料小社負担にてお取り替えいたします。

但し、古書店で本書を購入されている場合はお取り替えできません。

定価はカバーに表示してあります。

本書および付属物に関して、記述･収録内容を超えるご質問にはお答えできませんので、ご了承ください。

小社ホームページ　http://asciimw.jp/

Printed in Japan
ISBN978-4-04-870833-3 C0193